Al asalto del cielo

Editorial Bambú es un sello
de Editorial Casals, S. A.

Tel.: 902 107 007
www.editorialbambu.com

Título original: *A l'assaut du ciel. La légende de l'Aéropostale*
Ilustración: Thomas Ehretsmann
Traducción: Arturo Peral Santamaría

Créditos fotográficos del Cuaderno Documental:
Página 1: Colección Bernard Marck;
página 2: Rue des Archives/Varma;
página 3: Rue des Archives, Colección Bernard Marck;
página 4: Rue des Archives/Colección BCA;
página 5: Bettmann/Corbis, Albert Harlingue/Roger-Viollet;
página 6: Rue des Archives;
página 7: Roger-Viollet (izquierda), Colección Bernard Mark (derecha);
páginas 12, 13, 14: Colección Bernard Marck;
página 15: Roger-Viollet; página 16: David Pollack/K.J. Historical/Corbis.

Ilustraciones de los aviones en las páginas 10 y 11: Philippe Mitschké.

Segunda edición: diciembre de 2010
ISBN: 978-84-8343-089-7
Depósito legal: M-50.852-2010
Printed in Spain
Impreso en Anzos, S. L., Fuenlabrada (Madrid)

AL ASALTO DEL CIELO
La leyenda de la Aeropostal

Philippe Nessmann

Traducción de
Arturo Peral Santamaría

A Marceline, un angelito venido del cielo

Primera parte

Cómo desapareció Henri Guillaumet

Capítulo uno

Por radio.
De Santiago de Chile a Mendoza.
Viernes 13 de junio de 1930 a las 8.00 h.
Henri Guillaumet acaba de despegar
con la correspondencia. Stop.
Mal tiempo en los Andes. Stop.

Aunque es poco habitual, yo incluso diría que es raro, en algunas ocasiones se puede ver el momento exacto en que nace una vocación. Yo vi nacer con mis propios ojos la de mi hermano Henri.

Tenía catorce años y, desde hacía varios meses, nuestro pueblecito estaba irreconocible. Normalmente, Bouy tiene trescientos habitantes y cincuenta caballos, granjas cuidadas alineadas a lo largo de las calles, campos y bosques bien cuidados alrededor. La granja de nuestro padre se sitúa en el corazón del pueblo, muy cerca de la iglesia románica. En torno al gran patio central se encuentran la vivienda, el granero y por supuesto la pocilga: somos criadores de cerdos.

Ahora bien, desde hacía varios meses, como ya he dicho, Bouy estaba irreconocible. Casi todos los hombres y la mitad de los caballos fueron reclutados, por lo que habían abandonado el pueblo. Otros tomaron su lugar: miles de hombres cubiertos de lodo recuperaban fuerzas en nuestros graneros y nos hablaban como si fuéramos sus hijos. Probablemente echaban mucho de menos a sus familias. Se quedaban aquí cuatro días, luego regresaban al lugar del que habían venido. Después volvían una o dos veces, hasta que no se les veía más. Habían muerto.

Pero me doy cuenta de que no he dicho dónde se encuentra nuestro pueblo: hay que saberlo para comprender lo que estaba ocurriendo. Bouy está en la Champaña, a quince kilómetros al norte de Châlons-sur-Marne. En la época en la que mi hermano Henri descubrió su vocación, es decir, durante la Gran Guerra, la línea del frente entre el ejército francés y el ejército alemán pasaba a tan sólo unos pocos kilómetros al norte.

Así pues, a pocos kilómetros de nosotros, enterrados en las trincheras fangosas, nuestros soldados luchaban contra los alemanes, enterrados también en trincheras excavadas un poco más lejos.

Ahí se libraba la guerra, pero para nosotros, los niños del pueblo, aquello parecía más bien unas vacaciones, por lo menos al principio.

En primer lugar, porque no había casi nadie para vigilarnos: nuestros padres se habían ido a combatir; nos habían asegurado: «No tardaremos mucho, zurraremos a los prusianos y después volveremos», y nuestras madres estaban demasiado ocupadas para canalizar nuestra fo-

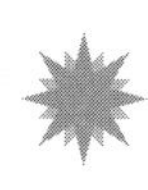

gosidad. Además, a nosotros, los Guillaumet, nos cuidaba nuestra anciana abuela: cuando Henri tenía dos años, nuestra madre había muerto al dar a luz a un hermanito que no sobrevivió.

Se podría decir que al comenzar la guerra, un viento de libertad sopló sobre nuestras cabezas. En compañía de Henri, el pequeño Maurice y los demás, pasábamos más tiempo pescando truchas que en la escuela.

Además, el pueblo era un auténtico desastre, con centenares de soldados que venían de las trincheras cercanas a descansar. Para entretenerlos, el ejército había habilitado un «hogar del soldado» junto al jardín del señor Villepoux, en el camino de Grandes-Loges. Teníamos permiso para ir; recuerdo que la taza de chocolate costaba veinticinco céntimos. Pero lo mejor era el cinematógrafo. En aquella época, Bouy no tenía suministro eléctrico. ¡Imaginad un cinematógrafo gratuito y abierto a todo el mundo!

Por eso, para los niños, el comienzo de la guerra fue como estar de vacaciones. Fueron pasando los meses y los obuses 155 llovían sobre el monte Cornillet. Los lisiados, cubiertos de vendas y sangre, parecían rodar hasta nuestro pueblo. Levantaron un hospital de lona junto al camino de l'Angle-du-Carry y, en el campo que había al lado, crecían las cruces como los hongos después de una tormenta. La guerra se convirtió de verdad en guerra.

No sólo tardaban nuestros padres en regresar, sino que los mayores del grupo tuvieron que marcharse para unirse a ellos. Un día, René, nuestro hermano mayor, que hasta entonces se había ocupado de los cerdos con mi abuela, cumplió dieciocho años y fue llamado a filas. Con sólo dieciséis años, yo tuve que convertirme en el jefe de la familia. Se acabaron las risas; había que ganarse el pan y ocuparse de las labores y de los cerdos.

Fue en aquella época cuando pasó. Me refiero a la vocación de Henri. Pero quizá debería haber empezado por ahí.

Corría el año 1916. Un día, al anochecer, Henri volvió muy excitado y sudando. Había corrido como un desesperado.

–¡André –me dijo–, ven a ver esto, ven rápido a verlo!

–¿Qué te ocurre? Por cierto, ¿dónde estabas? ¡Te necesito en la granja!

Se sentó sobre un fardo de paja para recuperar el aliento y añadió:

–Estaba pescando en el Vesle... Estaba en el rincón de las truchas cuando oí un ruido, como el motor de un automóvil, pero venía del cielo. Alcé la mirada pero no había nada. Sin embargo, el ruido se acercaba... De pronto, lo vi: un aeroplano pasó a toda velocidad sobre mi cabeza, rozando los álamos... ¡Tenías que haberlo visto! ¿No lo has oído?

No, no había oído nada. Yo estaba trabajando.

–Justo después, otro aeroplano sobrevoló los árboles, después un tercero y luego un cuarto. Todos hicieron la misma maniobra: apagar el motor al sobrevolar la casa de la señora Grumillier... Entonces los seguí; corrí a través del bosque hasta el camino de Haut-Buisson. Y allí estaban, posados en un claro... Había ocho hombres con enormes gafas en la frente... Estaban inspeccionando el terreno.

–¿Hablaste con ellos? –pregunté, aunque ya sabía la respuesta.

–Pues no...

¡Pues no! ¡Por Dios, Riri! A sus catorce años, con vello en el mentón y su gran estatura, parecía un adulto, aunque todavía tenía la timidez de un niño. La estatura le viene de familia: los Guillaumet estamos constituidos como granjas, con manos listas para sacudir manzanos. No quiero decir que Henri sea miedoso, más bien al contrario; lo he visto más de una vez atrapar un cerdo por la cintura, arriesgándose a llevarse una coz. No, lo que digo es que cuando había que hablar con la gente, y sobre todo con desconocidos, se echaba atrás como una chica.

–Ven –dijo emocionado–, te enseñaré los aeroplanos. ¡Tienes que verlos!

–No, tengo trabajo... ¡Quizá mañana!

–Pero mañana se habrán ido. ¡Venga, ven!

Pensándolo bien, ¿por qué no? Clavé la horca en un montón de paja y seguí a mi hermano pequeño al campo de la señora Grumillier. Había cuatro aviones alineados unos junto a otros. Eran biplanos con dos pares de alas superpuestas. Los pilotos eran soldados; estaban tirando de

lonas para montar un campamento. Henri y yo nos escondimos detrás de los matorrales para observarlos. Entonces susurró:

–Ésos son aviones Voisin. Por delante, al nivel de las alas, en el agujero de la parte superior de la carlinga es donde se coloca el piloto. En vuelo, sólo sobresale su cabeza. El agujero de la parte posterior es para el pasajero...

Oh, he olvidado decir una cosa importante: no era la primera vez que veíamos aviones. Sin embargo, en aquella época, pocos eran los que los habían visto con sus propios ojos. Eran los comienzos de la aviación y los aeroplanos eran muy poco habituales.

No soy un especialista –Henri lo explicaría mejor que yo–, pero el primer vuelo de un aparato «más pesado que el aire» había tenido lugar unos quince años antes de los acontecimientos que estoy contando aquí. Sólo para dar una idea, en 1906, todos los periódicos relataron la hazaña de Santos-Dumont, un brasileño que había batido el triple récord del mundo de duración, distancia y velocidad a bordo de un avión. Había volado durante veintiún segundos, recorriendo doscientos veinte metros a cuarenta kilómetros por hora. ¡No estaba mal!

En principio, en un pueblucho como Bouy no tendríamos que haber visto ese tipo de vehículo. No obstante, en 1908, un célebre piloto aterrizó aquí. Para huir de los curiosos parisinos que no lo dejaban trabajar tranquilo, Henri Farman se instaló en la Champaña. En un hangar construi-

do a dos kilómetros de Bouy, fabricó aeroplanos de tela, madera y acero. En noviembre de 1908 consiguió incluso realizar el primer viaje del mundo de una ciudad a otra: despegó en Bouy y llegó a Reims, a veintisiete kilómetros de distancia.

Entonces Henri tenía seis años. Durante los años siguientes, después de la escuela, solía atravesar los campos de alfalfa para gandulear junto al hangar. Los jueves, cuando el pequeño Maurice, el hijo del panadero, entregaba pan a Farman, Riri lo acompañaba. Así, podía observar de cerca los frágiles biplanos y sus ruedas de bicicleta, y hacer tímidas preguntas a los trabajadores de mono azul. «¿Por qué las hélices son de madera y no de hierro? ¿Y cómo se le pide al avión que gire a la derecha o a la izquierda? ¿Me dejarán volar alguna vez?».

Así es como Henri aprendió mucho sobre aeroplanos. Era algo que lo apasionaba de verdad. De hecho, quizá su vocación por los aviones le venga de este periodo. Habría que preguntarle...

Pero no lo creo.

Yo creo que nació durante la Gran Guerra, durante los días en que seguimos el aterrizaje de aeroplanos en el prado de la señora Grumillier. Henri pasó mucho tiempo observando a los pilotos y a los mecánicos. Escondido detrás de unos árboles, miraba cómo preparaban los biplanos y cómo los hacían despegar. Los pilotos iban a sobrevolar las trincheras alemanas. En la parte posterior, el pasajero tira-

ba bombas contra el enemigo o tomaba notas de la situación de su artillería.

Pero, inevitablemente, al espiar así los aeroplanos, ocurrió lo que debía ocurrir: una noche, Henri no volvió a cenar. La abuela y yo nos inquietamos. ¡Con la guerra tan cerca, Dios sabe qué le habría ocurrido!

Estaba preparándome para salir a buscarlo cuando apareció con una inmensa sonrisa en los labios.

A mí no me hacía gracia.

–¿¡Te parece bonito!? ¿Por qué llegas tan tarde? ¡Estábamos preocupados!

–Estaba en La Cheppe.

La Cheppe es un pueblo situado a diez kilómetros de Bouy.

–¿Qué has ido a hacer allí?

–¡Te lo contaré todo, chico, es una historia increíble!

Se sentó a la mesa y nuestra abuela, que es demasiado buena, le sirvió la sopa. Pero él ni la tocó; estaba demasiado ansioso por hablar:

–Esta tarde, al terminar con el heno, fui a ver los aeroplanos. Me acababa de colocar detrás de un matorral cuando una mano me tocó el hombro. Era un piloto. Me dijo: «Y bien, ¿nos estás espiando?». Y respondí: «No, no, señor, sólo estoy mirando...». ¡Qué vergüenza! «Si crees que no os vemos, a ti y a los otros del pueblo... Pero a ti ya te he visto varias veces. ¿Te interesan los aviones?». «¡Oh, sí!». Y para demostrárselo, le conté todo lo que sabía de los aeroplanos

de Farman, los motores, las hélices y las carlingas. Estaba asombrado de que supiera tanto. Pensó durante un buen rato y después me dijo: «¿Te gustaría dar una vuelta?». «¿En avión? Pero está prohibido, ¿no?». «Sí, pero basta con que no digas nada...». ¡Imagínate las ganas que tenía!

Nuestra abuela, que hasta entonces se había ocupado de la cocina, se sentó a la mesa, blanca como un papel. Los aeroplanos le daban miedo. Y la guerra también. ¡A la pobre la asustaba tanto que nos pasara algo! Henri se dio cuenta.

–¡No te asustes, abuelita, no quería hacerme sobrevolar las trincheras alemanas! Sólo tenía que ir a La Cheppe; ahí es donde los pilotos tienen el comedor, y el asiento del pasajero estaba libre. Me dio un capote militar para que me lo pusiera sobre los hombros y un gorro de policía para la cabeza, ya sabes, de esos que te cubren las orejas. Estaba realmente excitado cuando subí al aeroplano. De hecho, estos aparatos son bastante estrechos: mis hombros casi tocaban los dos lados. El piloto me enseñó a fijar el arnés y después se colocó en la parte delantera. Un mecánico colocó la hélice en la posición correcta y después la hizo girar con todas sus fuerzas. El motor rugió, pero la hélice se paró. El mecánico volvió a empezar, y esta vez se puso a girar.

Una enorme sonrisa surgió en el rostro de mi hermano. Era como si, al contarnos su aventura, la reviviera.

–El motor empezó a vibrar. Todo el aeroplano empezó a vibrar. Mis manos estaban sobre la lona de la carlinga. Sentí cómo me vibraban las manos, los brazos, los pies, el culo, todo mi cuerpo. ¡Y mi corazón latía con mucha fuerza! El piloto aceleró. El motor hizo aún más ruido y el avión empezó a moverse. Avanzó por la hierba del campo. Cada montículo provocaba una sacudida. El aeroplano iba cada vez más rápido, pero el piloto tardaba en hacerlo volar. Veía cada vez más cerca el final del campo y los arbustos. Y, de pronto, cuando íbamos a bastante velocidad, tiró del timón, los alerones traseros se alzaron y dejé de sentir los montículos bajo las ruedas. Era muy suave, como si condujéramos sobre algodón. Miré hacia abajo: el suelo se alejaba. ¡Estábamos en el aire! ¡Estábamos volando! ¡Era increíble, tenías que haberlo visto! Pasamos justo por encima de los matorrales, después por encima de los árboles... ¡Fue increíble!

Sentado en la silla, Henri alzó los brazos en horizontal para simular que tenía alas.

–El piloto ganó altura y después giró a la derecha. Sobrevolábamos el pueblo. Debajo estaban las calles, los tejados de las granjas, los jardines. ¡Tenías que haberlo visto, chico! Delante de la iglesia estaba el señor cura hablando con la carnicera. Eran muy pequeños. ¡Desde ahí arriba, las personas parecen hormigas! Después vi nuestra casa junto a la iglesia. El patio, la vivienda, el granero, la pocilga. Fue estupendo. ¡De verdad, tenías que haberlo visto!

Con sólo imaginarlo, me entraban escalofríos. ¡La vez que subí al campanario de la iglesia casi tuve vértigo!

–Después, el piloto se dirigió a La Cheppe. El campo es muy distinto visto desde el cielo. ¡Todo está recto! Los caminos y las carreteras, todo está trazado con regla. Los campos son cuadrados. Sólo el río Vesle se retuerce entre los árboles. A la izquierda, por el lado de los montes de la Champaña, había nubes de humo negro. Los obuses llovían sobre las trincheras. Ahí estaba el campo de batalla. Tienes que creerme, ¡en el cielo se está realmente bien! Sólo se oye el ruido del motor y el silbido del viento en los montantes. ¡Ahí arriba se está genial! ¡Tienes que probarlo, chico!

No estaba seguro de tener muchas ganas, pero quizá sí, era cuestión de probar. Nuestra abuela, por su parte, estaba cada vez más pálida.

–No sé cuánto duró el vuelo, pero fue demasiado corto. El piloto comenzó el descenso repentinamente. Debajo estaba La Cheppe. El piloto giró varias veces para alinearse con el campo donde quería aterrizar. El aeroplano perdió mucha altura. Los campos, los árboles y las casas empezaron a crecer. De nuevo pude distinguir las tejas y las hojas, cosas que no se ven desde arriba. El avión se balanceó un poco, el suelo se acercaba, y de repente, tras una sacudida, todo empezó a vibrar. Todo traqueteaba, como en el despegue, por los montículos y los agujeros del terreno. Volvía a estar en tierra firme. El aeroplano se detuvo, el piloto apagó el motor y me ayudó a bajar. En mis oídos persistían el ronroneo del motor y el silbido del viento. Ojalá no se detuvieran nunca...

Cuando Henri calló, tenía los ojos brillantes como estrellitas que parpadearan, como si ahí arriba hubiera descubierto un tesoro.

Unos días después yo también di una vuelta en avión. Vi los mismos paisajes que mi hermano, las mismas casas y los mismos árboles, sentí las mismas vibraciones y oí el silbido del viento. A mí también me gustó mucho, pero yo no encontré allí ningún tesoro.

Hoy sé qué tesoro descubrió Henri en el cielo aquel día de 1916, cuando tenía catorce años. Era el sentido que daría a su vida, su vocación: ser piloto.

* * *

Tras el fin de la guerra, el padre de Henri Guillaumet y su hermano mayor regresaron a casa. La vida en la granja retomó entonces su curso. Pero, a pesar de la importancia de trabajar la tierra –segar el trigo, almacenar el grano, alimentar los cerdos–, Henri mantuvo los ojos dirigidos al cielo. Quería hacerse piloto. No pensaba más que en eso, pero ¿cómo iba a lograrlo? Había muchas escuelas de aprendizaje, pero eran demasiado caras.

Cuando supo que el gobierno francés acababa de crear becas de pilotaje, pidió a su padre la autorización para solicitar una. Para ello, bastaba con pasar un control médico y un examen de cultura general. La familia Guillaumet dudó: en la granja necesitaba todos los brazos disponibles.

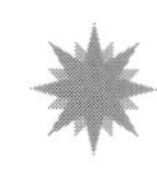

Pero la pasión insaciable de Henri fue más fuerte que sus reticencias.

Obtuvo la beca y fue admitido en la escuela de pilotaje de Charles Nungesser, en Orly, cerca de París. Nungesser era un as de la Primera Guerra Mundial, un temerario con el rostro sembrado de cicatrices, recuerdos de sus muchos accidentes. En la escuela transmitía con energía su amor por el vuelo y endurecía a sus alumnos.

Apenas dos días después de que Guillaumet llegara, dos de sus compañeros se mataron en un día. Nungesser reunió a los demás alumnos en torno a los restos de los aviones y les dijo: «La aviación es esto. Ahora, aquellos que quieran continuar...». Después se subió a un biplano y despegó.

Henri fue uno de los que continuaron. Es cierto que era tímido, pero no miedoso. Resultó ser un alumno excelente y obtuvo sin dificultad el diploma de piloto.

Capítulo dos

De Mendoza a Santiago.
Viernes 13 de junio de 1930, 11.15 h.
Urgente. Guillaumet no ha llegado. Stop.
Por favor, confirmar hora de partida. Stop.

Jean Mermoz, aviador de renombre y viejo amigo de Henri Guillaumet:

En tierra, veinte minutos de retraso no significa nada. En el cielo, donde el piloto debe reaccionar en cuestión de segundos, veinte minutos de retraso es muchísimo. Los que se quedan en tierra no pueden evitar inquietarse...

Hacerse piloto no es algo difícil; lo más duro es seguir siéndolo.

El día en que mi camino se cruzó con el de Guillaumet por primera vez, un acontecimiento dramático nos recordó esta terrible verdad.

Fue hace siete años, en 1923. Yo era un joven piloto de la aviación francesa y regresaba de pasar dos años en una misión en Siria. Había vivido todo aquello con lo que había soñado: decenas de horas a bordo de aviones de caza, operaciones en territorio enemigo, aterrizajes forzosos en el desierto...

Me acababan de trasladar al primer regimiento de aviación de caza de Thionville. Fui hasta allí en un viejo autobús; tenía la moral por los suelos. Se acabaron las grandes aventuras, regresaba a la rutina y la monotonía...

Al llegar al campamento militar, me presenté en el despacho del coronel. Allí había otro piloto, también nuevo. El coronel nos recibió a los dos. No parecía amable. Empezábamos bien.

–¿Conocen a los pilotos del regimiento? –nos preguntó tras las presentaciones habituales.

–No, mi coronel –contesté.

–Yo sí, mi coronel –contestó mi compañero–. En la escuela de Nungesser, donde aprendí a pilotar, tuve dos camaradas llamados Berniard y Guillaumet. Creo que están aquí.

Ante estos nombres, el coronel perdió repentinamente su aspecto severo. Dio dos pasos hacia mi compañero y le susurró al oído con mucha suavidad:

–Ayer su camarada Berniard sufrió una caída durante un ejercicio acrobático... No ha sobrevivido... Lo siento.

Un silencio pesado inundó el despacho.

«Uno menos», pensé.

El coronel salió un instante, dijo algo al ordenanza de servicio y, unos minutos más tarde, entró en el despacho un joven uniformado.

Tenía más o menos mi edad, veintiún años. Lo primero que percibí de él fue su presencia. Grande y macizo, tenía la cara redonda, el cuello de un toro, las manos gruesas y el torso robusto. Más tarde me dijo que había crecido en el campo, y no me sorprendió. Su cabello, peinado hacia atrás, revelaba una frente ancha y una mirada inteligente. Pero lo más curioso del joven era el desajuste entre su cuerpo de leñador y la inmensa suavidad que desprendía.

Era Henri Guillaumet.

Por la noche estuvimos velando los restos del camarada muerto el día anterior y, durante las semanas siguientes, quizá por las condiciones particulares de nuestro encuentro, él y yo nos hicimos muy amigos.

Sin embargo, tenemos personalidades opuestas. Henri habla poco de su vida y no presume nunca de sus proezas; a mí me gusta contar mis aventuras y me encanta que las escuchen. Henri no se interesa por los objetos o las apariencias; a mí me gustan los automóviles atractivos y la ropa bonita. Henri es tímido con las chicas y no le gustan las fiestas; a mí me gustan las unas tanto como las otras, y sobre todo las fiestas donde hay chicas. Henri no pudo conocer a su madre; por mi parte, de entre todas las mujeres que conozco, mi madre es la única a la que quiero realmente y la única que me seguirá toda la vida.

Por tanto, Henri y yo somos muy diferentes, pero hay algo esencial que nos une: nuestra pasión por volar. Él, tan reservado en tierra, con un cuerpo tan grande que casi resulta patoso, se vuelve ligero como un pájaro en cuanto se sienta en el avión. Es tan buen piloto como yo y, en el regi-

miento, pasamos horas hablando de rizos, caídas en picado, piruetas y formas de planear, ilustrando nuestras palabras con gestos de la mano.

Esta hermosa amistad duró casi un año, hasta que terminó mi compromiso con el ejército. Para mí, aquellos últimos meses de servicio fueron largos y penosos. Ya no podía soportar las faenas, la autoridad, las vejaciones perpetuas, los reglamentos estúpidos aplicados de forma estúpida... Un superior llegó a meterme cuatro días en el calabozo porque estaba convencido de que había seducido a su novia... Yo, que soñaba con aeroplanos, nubes y océanos, yo, que quería comerme a bocados el mundo y sobre todo el cielo... Estar encerrado de esa forma me estaba volviendo loco.

Y así, al cruzar la verja del cuartel de Thionville tenía el corazón ligero, a pesar de la tristeza de dejar atrás a mi amigo Guillaumet, que me había dado tanto durante un año.

* * *

Henri no contaría por sí mismo lo que hizo durante aquel año adicional en el ejército del aire. Pero como esto ilustra bien otro rasgo de su carácter –la obstinación–, lo contaré yo en su lugar.

Para aquellos que aún no lo saben, Zenith, un fabricante de carburante, organiza todos los años una gran carrera aeronáutica, la «Military-Zenith», abierta sólo a pilotos militares. Se designa vencedor al que menos tarde en recorrer dos veces en un mismo día el trayecto entre Villacoublay, Metz, Estrasburgo, Dijon, Lyon, Châteauroux, Tours y Villacoublay. Es decir, unos dos mil ochocientos diez kilómetros en total. Cada piloto puede hacer todos los intentos que quiera, pero antes de la fecha de clausura, el 15 de junio.

En 1925, seis de los mejores pilotos militares participaron en la carrera. Poco después pasaron a ser cinco: el oficial auxiliar Foiny, que estuvo un tiempo a la cabeza, se mató en la niebla al chocar con un roble.

El 22 de mayo, Henri despegó de Villacoublay, cerca de París, en su primer intento. Voló hasta Metz, donde sufrió una avería. Hizo que le arreglaran el motor y después regresó a París.

El 4 de junio alzó el vuelo en un segundo intento. En esta ocasión, pasó Metz, pero le falló el motor poco después, por lo que aterrizó en Verdún. Aquella misma noche regresó a Villacoublay.

Al día siguiente, al amanecer, despegó de nuevo. Villacoublay, Metz, Estrasburgo... Guillaumet cerró la primera vuelta del circuito en un tiempo excelente; por desgracia, un problema mecánico lo obligó a abandonar inmediatamente. Los motores eran menos fiables que los de hoy.

El 11 de junio se lanzó a la cuarta tentativa. De nuevo realizó una vuelta del circuito, pero, durante la segunda, otra avería lo dejó clavado en tierra. Ante tal acumulación de mala suerte, muchos otros habrían tirado la toalla, pero Henri no...

El 13 de junio por la mañana, dos días antes de la clausura de la carrera, volvió a despegar en Villacoublay. Posó su aeroplano en Metz, Estrasburgo, Dijon. Nada más llenar el depósito, despegaba inmediatamente. No había tiempo que perder. La adversidad multiplicaba su sed de victoria. Desgraciadamente, en Lyon su motor se negó a continuar. Un mecánico lo examinó y emitió su veredicto: irreparable. Esta vez, la perseverancia de Guillaumet no tenía nada que hacer. Sin avión, su gran aventura estaba acabada.

Contrariado, regresó a París el 14 de junio en tren. Al volver a Villacoublay, supo que el teniente Challe, jefe de su regimiento, acababa de alcanzar el mejor tiempo e iba a ganar la competición.

–Bravo, mi teniente –lo felicitó Guillaumet.

Estaba decepcionado consigo mismo pero sinceramente contento por su jefe. Guillaumet era así, generoso en todas las circunstancias.

–Ha tenido muy mala pata –respondió–. Sin embargo, todavía puede realizar un último intento mañana, ¿verdad?

–Me gustaría mucho, pero no tengo avión. Está en Lyon con el motor roto.

El teniente Challe, que apreciaba mucho a su subordinado, reflexionó y, como era un competidor justo, propuso:

–¿Y si le presto el mío?

–¿Usted haría eso?

–Sí, pediré a los mecánicos que revisen el motor y mañana por la mañana será suyo.

Ésta es otra de las cosas que me gustan y que busco en la aviación: el compañerismo y la ayuda mutua, más fuertes que los intereses personales.

A la mañana siguiente, último día de la carrera, Guillaumet tomó el mando del Nieuport 29 del teniente Challe. Encendió el motor y tiró del timón. Con la obstinada voluntad de terminar por fin la carrera, surcó los cielos, sobrevoló los campos y los bosques, tomó tierra rápidamente en los aeropuertos de Metz, Estrasburgo, Dijon, Lyon, Châteauroux y Tours, y después volvió a despegar en el acto. Terminó la primera vuelta. Hacía buen tiempo y el avión no mostraba signos de fatiga. Guillaumet empezó a tener esperanzas. Metz, Estrasburgo, Dijon... A pesar del cansancio, sentía que tenía posibilidades de terminar la carrera. A no ser que... No, no... Ahí queda Lyon, y Châteauroux, y Tours. Dirección noreste para el *sprint* final... Con los brazos paralizados de pilotar tanto tiempo y con el zumbido del motor en los oídos, Guillaumet aterrizó en Villacoublay al final del día, aliviado.

–¡Sargento Guillaumet!

El teniente Challe lo recibió con una gran sonrisa en los labios.

–Gracias por prestarme el avión –lo interrumpió Henri–. Me alegro de haber superado mi mala suerte.

–¿No quiere saber su tiempo?

–Eh... sí, claro.

–Ha tardado catorce horas y cincuenta y ocho minutos en recorrer dos mil ochocientos diez kilómetros. Eso supone una media de ciento ochenta y siete con quinientos noventa y siete kilómetros por hora. Pero lo más importante es que, comparado con mi tiempo, ha tardado diez minutos... ¡menos!

–¿Entonces soy el más rápido?

–Sí, ha ganado la Military-Zenith. ¡Enhorabuena, sargento Guillaumet!

El teniente Challes estaba sinceramente contento por su joven piloto. Henri, por su parte, estaba casi avergonzado...

Los periódicos hablaron de la victoria épica de Guillaumet los días siguientes. Podría haber obtenido un enorme beneficio gracias a este triunfo pero, tímido y modesto, prefirió huir de los periodistas.

Henri es así.

* * *

–¡Henri!

Varias semanas después, por puro azar, mientras daba sorbos a una absenta en la terraza de un café en los Grands Boulevards de París, me pareció distinguir entre la multitud una enorme silueta uniformada.

–¡Henri!

La silueta se giró. No había duda de que era él. Guillaumet quiso saber quién lo estaba llamando y si era realmente a él a quien se dirigían. Algunas veces oímos nuestro nombre, pero están llamando a otro, y entonces uno se siente un poco tonto.

–¡Henri! –repetí agitando los brazos.

Esta vez me vio y se reunió conmigo con una gran sonrisa.

–¡Hola, Mermoz!

Le di un fuerte abrazo.

–¿Qué haces por aquí, hombre?

–Nada especial, estoy dando un paseo antes de volver al cuartel.

–¿Tienes tiempo para tomarte algo?

–¡Por supuesto!

–¡Me da mucha alegría volver a verte! ¿Sabes que he leído todas tus hazañas en los periódicos? ¡Tu victoria en la Military-Zenith fue formidable!

–Bueno, ya sabes que en parte se lo debo al teniente Challe.

–¡No, hombre, tú eras el que iba en el avión! Pero bueno, la verdad es que Challe es simpático. ¡No como ese desgraciado de Privat! ¿Te acuerdas?

Cuando el sol empezó a descender en el cielo parisino, Henri y yo habíamos hablado del año que pasamos en el regimiento de Thionville, de los superiores idiotas, de cuando pelábamos patatas, del calabozo, de los compañeros simpáticos y de los que nos habían dejado.

–Y a ti, Henri, ¿te queda mucho tiempo de servicio en el ejército?

–Un mes.

–¿Y qué vas a hacer después?

–Buscaré trabajo de piloto.

Henri tenía el mismo optimismo que yo un año antes, cuando salí de Thionville. Pero me había desencantado muy pronto...

–Hacerse piloto es una cosa, ya sabes, pero seguir siéndolo es otro cantar.

En aquella época, el ejército del aire daba trabajo a la mayoría de los pilotos. No era sorprendente que todos los jóvenes deseosos de volar se alistasen. Pero las verdaderas dificultades empezaban después del servicio militar. La aviación civil estaba apenas emergiendo. Los aeroplanos todavía no llevaban pasajeros. Algunos industriales audaces habían creado líneas aéreas para transportar correo, pero no eran muchas. Había muy pocos puestos de piloto y muchos candidatos...

Por eso la competencia era muy dura. Hasta los viejos pilotos de caza de la Gran Guerra buscaban trabajo. Algunos, para seguir volando, habían tenido que vender su alma a los circos. Arriesgando sus vidas, realizaban acrobacias increíbles ante los entretenidos espectadores, se estrellaban adrede contra una granja o subían a bordo a equilibristas

que, una vez en el aire, se ponían de pie en las alas o hacían acrobacias en el trapecio. Una auténtica estupidez.

Otros pilotos desempleados se habían visto obligados a abandonar su pasión y quedarse en tierra.

–¿Y tú –me preguntó Guillaumet–, en qué te has convertido?

–Oh, yo... No es fácil, ya sabes. Después del ejército, estaba muy confiado. Con seiscientas horas de vuelo, mi experiencia en Siria y mi cruz de guerra, pensaba que se pelearían por contratarme. Me instalé en un pequeño apartamento en París y escribí decenas de cartas a los fabricantes de aeroplanos y a quienes transportan el correo en avión. Después de varias semanas de espera, llegaron las primeras respuestas. Todas eran iguales: «Señor... Hemos recibido su carta... bla bla bla... desgraciadamente no hay en estos momentos ninguna vacante... bla bla bla... un saludo cordial...». Escribí otras cartas pero me estaba quedando sin dinero rápidamente. Mi problema ya no era el de pilotar, sino el de comer... para sobrevivir, así que desempeñé muchos trabajitos. Guardia nocturno, barrendero en un garaje, mecánico... Incluso me emplearon para copiar direcciones en los buzones. ¡Ya ves, yo que soñaba con el gran aire!

Guillaumet me escuchaba con atención, cada vez más melancólico; sin duda, no se había imaginado las dificultades que le esperaban después del ejército. ¿Qué sería de él, que no vivía más que para los aviones, si no encontraba trabajo de piloto? Y si yo, que tenía tanta experiencia co-

mo él, no había encontrado empleo, ¿por qué iba él a encontrarlo?

–Pero sí he podido volar un poco. Un director estaba rodando una película, *La hija del aire*, y necesitaba a un tipo atrevido para hacer caídas libres en avión. No puedes imaginar el bien que me hizo volver a sentarme en una carlinga, oler la grasa del motor, volver a sentir las vibraciones y, por último, alzarme por el cielo. ¡Qué felicidad! No podría vivir en tierra. No soy de tierra. Ni tú tampoco, no eres un... ¡Estamos hechos para volar! Desgraciadamente, al acabar el rodaje volví a quedarme sin trabajo. Y sin dinero. Tuve que abandonar el piso y dormir en los asilos para mendigos. Por la mañana tomaba café y, los días en que tenía bastante dinero, me compraba un sándwich... En una ocasión mi madre me envió un billete de tren para que fuera a verla a Lille, donde está trabajando. No le había dicho nada de mi situación para que no se inquietara. Tenía tanta hambre cuando llegué a su casa que podría haberme zampado toda la comida que tenía almacenada. Pero a la mesa me obligué a no comer casi nada para no llamar su atención. ¡Qué miseria, chico!

El pobre Henri recuperó un poco el ánimo.

–¡No te preocupes, voy a ayudarte! Gracias a la Military-Zenith, tengo algo de dinero guardado. Te lo prestaré hasta que las cosas te vayan mejor...

–Gracias, Henri, pero no es necesario. Hace cuatro meses, cuando ya no me quedaba esperanza, recibí otra carta.

En el sobre aparecía el sello de Latécoère, un industrial al que había escrito. Después de tantos desengaños, casi tenía miedo de abrirla. Al final lo hice: me proponían que fuera a Toulouse a hacer una prueba de pilotaje. Tomé de prestado el dinero para el tren y me fui. Todo fue bien, aunque casi logré que todo saliera mal. ¡El señor Daurat no es muy amable!

–¿El señor Daurat?

–Ya te contaré... Pero volviendo a tu propuesta, ya no necesito dinero. Hoy en día he vuelto a pilotar aviones. Los chicos y yo transportamos el correo de Toulouse a España y a Marruecos. ¡Y no ha hecho más que empezar! El jefe tiene previsto ampliar la línea hasta Senegal. Y quizá un día hasta América del Sur. Brasil, Argentina, Chile... Río de Janeiro, Buenos Aires, Santiago de Chile... ¡Te imaginas!

Mientras le describía estos proyectos, el camarada Guillaumet recuperaba el color. Sin duda, se imaginaba al mando de un biplano sobrevolando los desiertos africanos, las selvas amazónicas y las montañas nevadas de los Andes... Estaba recuperando las razones para vivir, su oxígeno.

–¿A ti no te interesaría trabajar conmigo en Latécoère? Allí hay trabajo y yo podría ayudarte a entrar. Te diré lo que no debes hacer con el señor Daurat. Sería genial trabajar en la misma empresa, ¿verdad? ¿Qué piensas, hombre, eh, qué me dices?

Guillaumet no decía nada. Sólo sonreía.

* * *

Siguiendo los consejos de Jean Mermoz, Henri Guillaumet solicitó un puesto en la línea Latécoère, rebautizada el año siguiente como Compañía General Aeropostal. Fue convocado en Toulouse, realizó un ensayo de pilotaje concluyente y fue contratado oficialmente el 1 de febrero de 1926. Tenía veintitrés años, casi veinticuatro.

Después de algunas semanas en el taller, lo destinaron al primer tramo de la línea, el que unía Toulouse con Casablanca, en Marruecos, pasando por España.

Superó la prueba y en poco tiempo le confiaron el correo entre Casablanca y Dakar, en Senegal. Era un trayecto difícil: tres mil kilómetros de desierto sahariano a lo largo del océano Atlántico, con sólo cinco aeródromos donde aterrizar, abastecerse y reparar en caso de avería.

En 1929, Didier Daurat, director de la Aeropostal, ofreció a Guillaumet un nuevo ascenso: un cargo en América del Sur, donde acababan de prolongar la línea. Tendría que encargarse del último tramo, el más peligroso de todos: Buenos Aires-Mendoza-Santiago de Chile. Si aceptaba, tendría que hacer que su pequeño avión cruzara una vez a la semana la cordillera de los Andes, aquella temible cadena montañosa que en su parte meridional separa Argentina de Chile; algunas de sus cimas llegan casi a los siete mil metros de altitud.

Henri Guillaumet aceptó el desafío sin dudar.

Capítulo tres

De Santiago a Mendoza.
Viernes 13 de junio de 1930, 11.20 h.
Confirmamos Guillaumet salió a las 8.00 h. Stop.
No ha regresado al aeropuerto de partida. Stop.

Desde su despacho de Montaudran, cerca de Toulouse, Didier Daurat miraba por la ventana. Fuera, la pista de aterrizaje, aplastada por el calor, estaba desierta. En el hangar, los mecánicos preparaban el avión que llevaría los sacos de cartas hacia España al día siguiente. El director de la Aeropostal los observaba, pensativo, con un telegrama en la mano. La noticia había recorrido toda la línea por la tarde: de Santiago de Chile a Mendoza, luego Buenos Aires, Río de Janeiro, Natal, Dakar, Cabo Juby, Casablanca, Barcelona hasta Toulouse. Ninguna emoción traspasaba el rostro redondo de Didier Daurat, ningún rictus modificaba el ángulo de su fino bigote ni debilitaba su mirada severa. Aquel fornido hombretón no tenía el hábito de dejar que afloraran sus pensamientos más íntimos. Eran sólo para él.

«Y ahora Guillaumet...

Una hora y media, máximo dos horas, no hace falta más para realizar ese trayecto. Hace horas que tenía que haber llegado. ¿Dónde está?... Si hubiera hecho un aterrizaje de emergencia en las llanuras chilenas o argentinas, habría encontrado sin duda un puesto de telégrafo para avisarnos en Santiago y Mendoza... Quedan los Andes... Pero en esas montañas uno no aterriza, sino que se estrella...

Hace un mes fueron Négrin, Pranville y Pruneta, desaparecidos en el mar. Hoy Guillaumet, apenas con veintiocho años, el mejor piloto y el mejor de mis hombres.

¡Qué caras se pagan nuestras victorias!

Todas estas vidas por unas cartas...

"El correo debe llegar".

¡¿Pero a qué precio?!

¿Qué fue aquello que dijo Latécoère? "Todo el mundo dice que mi idea es irrealizable. Sólo me queda una cosa por hacer: realizarla". Aquel día debió haberse callado.

Por supuesto, el correo aéreo es más rápido que el marítimo. Cinco días para llegar a Sudamérica frente a un mes en el mar.

Cinco días... a los que hay que sumar la vida de decenas de pilotos y mecánicos.

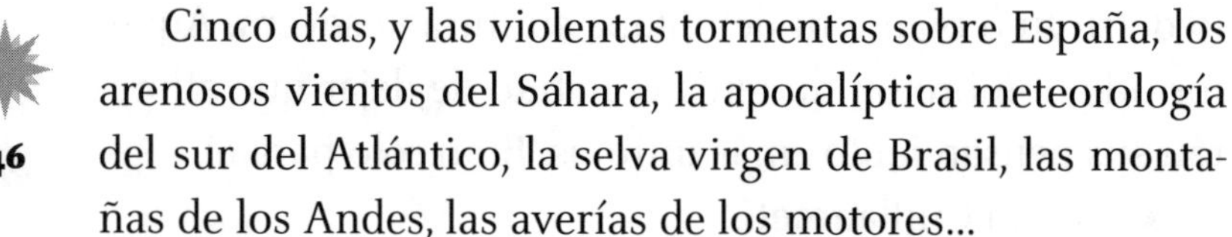

Cinco días, y las violentas tormentas sobre España, los arenosos vientos del Sáhara, la apocalíptica meteorología del sur del Atlántico, la selva virgen de Brasil, las montañas de los Andes, las averías de los motores...

Sin contar con la prima de la puntualidad, que hizo falta imponer a los pilotos para incitarlos a despegar incluso con mal tiempo.

Que yo he tenido que imponer a los pilotos.

Yo soy el responsable de esta línea.

Soy responsable de lo que pasa en ella, de sus dramas. Responsable ante las autoridades, los periódicos, las familias. La mujer de Négrin, la mujer de Pranville, la mujer de Pruneta, la mujer de Guillaumet...

Todas esas vidas sesgadas por llevar unas cartas...

¡Qué precio tan alto!

¿Cómo puedo aceptar todo esto? ¿Por qué acepté la propuesta de Latécoère de convertirme en jefe de explotación?

Sí, lo sé.

Hace diez años era mucho peor. Hace diez años, los motores se rompían continuamente, y los pilotos se creían dioses: pensaban que eran invulnerables y desatendían las consignas de seguridad. Se mataban por exceso de confianza.

El orgullo de los pilotos...

¡Mermoz, el rey de los orgullosos! Cuando hizo la prueba, despegó como una flecha, giró a la americana, deslizándose a la izquierda, luego a la derecha. "¿Se siente orgulloso?... Sí... ¡Pues yo no! Aquí no contratamos a acróbatas. Si quiere dedicarse al circo, váyase a otra parte. Usted es indisciplinado, pretencioso y creído... ¿Entonces no va a

contratarme?... Ya veremos. Vuelva a la pista. Suba lentamente hasta doscientos metros. Gire en plano. Regrese de frente al terreno. Empiece el aterrizaje desde lejos. Así es como trabajamos aquí".

Como era un buen piloto, lo contraté.

Dos meses en el taller desmontando motores, aflojando tuercas, engrasando cilindros... Dos meses con los pies en el suelo y las manos en la grasa, como los obreros...

No hay nada igual para romper el caparazón de orgullo de los recién llegados. Algunos no lo aguantan y se van igual de rápido. ¡No merecen volar para mí! Mermoz, Guillaumet, Saint-Exupéry, Reine y tantos otros más se quedaron. Todos comprendieron dos cosas: el funcionamiento de un motor y el hecho de que son sólo un eslabón de la cadena. No valen ni más ni menos que los mecánicos que preparan sus aviones o que los secretarios que cumplimentan las hojas de pago. Todos forman parte de la misma familia.

Humildad y disciplina.

¿Cuántas vidas he salvado en diez años actuando de este modo? Nadie me lo reconocerá. Pero ¿cuántas veces se habría matado Mermoz si hubiera continuado con sus estúpidas acrobacias? ¿Y a cuántos pilotos echados a perder he salvado? Esos pilotos que, un día, dan media vuelta frente a una tormenta, una tormenta que habrían afrontado un año antes. Ésos, incluso si no lo admiten, tienen miedo, un miedo que los paraliza y los pone en peligro.

He despedido a muchos, me han odiado, pero yo sé que los he salvado.

"Pase por contabilidad a recibir lo que se le debe".

No he hecho amigos.

Daurat el intransigente, Daurat el tirano, Daurat el frío...

Pero no estoy aquí para hacer amigos. Un jefe tiene que renunciar a lo que otros hombres buscan para ser felices: la simpatía y la amistad. Si fuera amigo de los pilotos, no podría pedirles que arriesgaran sus vidas, tendría la impresión de que los traiciono... Tengo que querer a mis hombres sin decírselo. No demostrar nada, no revelar mis pensamientos... Tan sólo darles órdenes frías para acabar con el miedo, el temor a sufrir, el rechazo al esfuerzo. Para alejar a las mujeres y a los aduladores. Un piloto que se casa pierde la mitad de su valor...

Para los pilotos, la camaradería; para mí, la soledad.

Es la parte del precio que yo pago.

Pero lo acepto porque, desde hace diez años, cuanto más duro he sido, menos averías y accidentes ha habido. Así es como se consiguen las victorias, con un ejército disciplinado y una misión clara.

La nuestra: el correo.

Mucho más que simples cartas en el fondo de un saco postal.

Todos hemos esperado ansiosos, con el corazón en un puño, a que pasara el cartero. Para el que manda una partida de nacimiento, un contrato profesional o una palabra de amor, para el que la espera, cada carta significa más que su valor en papel y tinta. Y cuanto más lejos viaja, mayor es su valor.

¿No es una noble misión llevarla a su destino?

Hay que ser digno. Todas las cartas se merecen que desafiemos tormentas, crucemos océanos y superemos montañas.

Nadie obliga a los pilotos a volar, yo el que menos. Si se arriesgan, lo hacen porque creen en su misión.

"El correo debe llegar".

Sin esta noble misión, ninguna hazaña habría sido posible. ¡Y en diez años ha habido muchas hazañas! Primero España y Marruecos, después atravesar el desierto hasta Senegal. Hubo que levantar aeropuertos en las arenas de Cabo Juby, Villa Cisneros y Port-Étienne, construir hangares y allanar las pistas de aterrizaje. Y prever el abastecimiento de carburante por mar.

Pero toda precaución es poca; siempre hay que pagar un precio.

En noviembre de 1926 hubo dos aviones averiados en el Sáhara. Unos rebeldes mataron al piloto Érable y al mecánico Pintado. El piloto Gourp fue capturado por los tuareg, herido, cargado a lomos de un dromedario, humillado, castigado con sed y correazos... ¿Cuánto debió de sufrir para que prefiriera consumir el ácido fénico de su botiquín? Se le corroyó el estómago y tardó una semana en morir.

Pero un ejército sólido no se deja vencer.

¡El correo debía llegar y llegó!

En noviembre de 1927 se prolongó la línea hasta Buenos Aires, y en julio de 1929 hasta Santiago de Chile. Y para que el correo llegara cada vez más rápido, para que los aviones no se detuvieran al caer el sol, en abril de 1928 se creó el servicio nocturno entre Río de Janeiro y Buenos Aires.

¡Cuántas hazañas en diez años!

Hasta la más reciente, cruzar el Atlántico, trece horas de avión sobre las aguas. Después de descargar los sacos postales en Dakar, empezaban la larga travesía del Atlántico en barco y después se recargaban en otro avión. El Atlántico en avión supone ganar seis días; pero una avería es la muerte segura.

¡El pasado 12 de mayo, Mermoz, Dabry y Gimié consiguieron nuestra victoria más hermosa a bordo de un hidroavión Latécoère!

Pero todo se paga, siempre.

Tres días antes, el avión de Négrin, Pranville y Pruneta se vino abajo en las aguas de Río de la Plata.

Y hoy Guillaumet...

Pero Guillaumet no está muerto, todavía no.

Hace un año, Mermoz sobrevivió a un accidente en los Andes. ¿Por qué no Guillaumet?

Hay que ponerse a buscar inmediatamente, con el máximo de hombres...».

* * *

Didier Daurat despegó la frente de la ventana de su despacho, y salió bruscamente de sus pensamientos. Decidido, llamó a su secretaria y, con el rostro más impasible que nunca, le dijo:

–Voy a dictarle un telegrama dirigido a nuestro aeropuerto de Buenos Aires, a la atención de Saint-Exupéry. Tome nota...

Capítulo cuatro

De Toulouse a Buenos Aires.
Destinatario: Saint-Exupéry.
Detenga asuntos y reuniones en Mendoza. Stop.
Acompañe a Deley a buscar a Guillaumet. Stop.

Domingo 15 de junio.

Anoche el cielo se despejó por fin.

Hacia el oeste la cordillera vuelve a estar bien visible. Se alza gigantesca y aplastante, un amontonamiento de piedra y nieve, a unos cuarenta kilómetros de Mendoza. Mientras los contrafuertes de los Andes aún dormitan al frescor de la noche, el fuego del sol naciente ya enrojece sus cimas.

Por fin podré despegar.

Desde hace dos días, dos días interminables, las densas nubes han cubierto los Andes. Pierre Deley ha intentado sobrevolar varias veces la cordillera saliendo de Santiago, pero ha sido en vano. Para no quedarme inactivo, desde Mendoza he intentado ir a buscar a Henri con otros medios. Al pie de los Andes hay contrabandistas que ma-

tarían a su padre y su madre por unos pesos. Y aunque no le temen a nada, se han negado a enviar un grupo de búsqueda a las montañas. «Arriesgaríamos nuestras vidas –respondieron–. En invierno los Andes no acogen a los hombres».

Afortunadamente, esta noche el viento se ha llevado las nubes.

Voy a despegar.

Mi plan de vuelo: seguir la ruta que supuestamente tomó Guillaumet: el Transandino, un ferrocarril que comunica Argentina con Chile a través de los Andes. En poco tiempo aparece ante mí un inmenso muro de montañas que me obliga a ascender. Tiro del control pero, cuanto más se eleva el avión, más obstáculos me esperan en este auténtico caos de cimas cortadas con buril, de valles obstruidos por glaciares, de barrancos despedazados. ¡Su majestad los Andes! Sería un paisaje de belleza suntuosa si, en alguna parte, no retuviera prisionero a mi camarada.

Guillaumet, ¿dónde estás?

En cuanto puedo, asomo la cabeza fuera de la cabina para mirar hacia abajo, al fondo de los valles, a lo largo de los barrancos, en busca de algún resto del biplano; en caso de accidente, la consigna es quedarse cerca del aparato, ya que un avión es más fácil de ver que un hombre. Desgraciadamente, no puedo pasar mucho tiempo con la cabeza fuera: el aparato, llevado por corrientes de aire inestables, azotado por el viento que levanta la nieve de las crestas,

cruje por todas partes. Tengo que seguir atento al pilotaje, con un ojo puesto permanentemente sobre los macizos que me rodean y amenazan.

Mi primer vuelo hasta Santiago termina con un fracaso: ni rastro humano a la vista. En el aeropuerto de Cerillos, donde repongo carburante, los oficiales chilenos enfrían todavía más mis esperanzas. Me aconsejan que abandone la búsqueda. «¡Señor Saint-Exupéry, es invierno! Aunque su camarada hubiera sobrevivido al accidente del avión, no habrá sobrevivido a la noche. Ahí arriba, cuando pasa sobre un hombre, lo convierte en hielo. Y su amigo ya ha pasado allí dos noches...».

Sin embargo, Deley y yo seguimos buscando, cada uno por su lado. Hay tantas vías diferentes por explorar: sabemos que Guillaumet tomaba algunas veces una ruta más al sur, sobre la laguna del Diamante, cuando la ruta del norte estaba demasiado cargada de nubes.

Desde que oí la advertencia de los oficiales chilenos, sus palabras atormentan mis pensamientos. Para mantener la esperanza, me acuerdo de la aventura que vivimos Mermoz y yo hace un año. Era invierno y hacía tanto frío como hoy.

Durante una travesía por los Andes en compañía del mecánico Collenot y un pasajero –el conde de La Vaulx–, el avión de Mermoz fue arrastrado por unos vientos descendentes. Intentó mantener el control, pero el aparato fue lanzado contra una montaña rodeada de profundos

barrancos. El avión rebotó sobre la pendiente rocosa, rodó y crujió antes de detenerse. Afortunadamente, no hubo heridos, pero el avión estaba irreparable: el tren de aterrizaje estaba dañado, el patín se había arrancado, el travesaño estaba destrozado, parte del estabilizador se había desprendido y el motor estaba estropeado. A más de cuatro mil metros y a menos veinte grados, sin ropa, ni provisiones, ni radio, nos era imposible ir a pie o llamar para pedir ayuda. Durante dos días, el ingenioso Collenot intentó hacer una reparación de emergencia con pedazos de cuerda. Para aligerar el aparato, se deshizo de lo inútil: el doble mando, los asientos, las tuberías, los depósitos vacíos. Durante ese tiempo, Mermoz pensaba en el despegue. La pendiente era demasiado corta. La única solución: lanzarse e intentar hacer que el avión rebotara en dos plataformas que la prolongaban. Un despegue que tenía que hacerse con la distancia justa o todos acabarían en el precipicio. Para conseguir más impulso, los tres hombres, congelados, tiraron del aparato para hacerlo retroceder unos quinientos metros. Ocho horas de trabajo. Al día siguiente, con Mermoz al mando, el avión aceleró, se dirigió hacia el abismo, saltó al vacío y voló seis metros, rebotó en la primera plataforma, se mantuvo bien, sobrevoló el segundo precipicio, después el tercero, rebotando en las otras dos plataformas, y después se lanzó al vacío. Justo antes de que el aparato se estrellara contra la montaña que cerraba el valle, Mermoz lo enderezó mila-

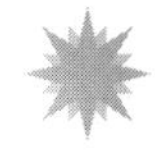

grosamente. Una hora más tarde, aterrizó planeando en la llanura chilena.

Si Mermoz y sus compañeros sobrevivieron tres noches en los Andes, ¿por qué tú no, Guillaumet?

Mientras quede un poco de esperanza, debemos proseguir con nuestra búsqueda, piensen lo que piensen los funcionarios chilenos.

Desde lo alto de mi avión, escudriño las montañas, los barrancos, los valles encajonados. Un viento glacial se introduce en la cabina abierta. A pesar de mi camisa forrada, mi ropa de cuero y mi gorro de aviador, un frío terrible penetra todo mi cuerpo. El termómetro del cuadro de mando indica treinta y cinco grados bajo cero.

Pero para mí no es nada, sé que esta noche dormiré bien al calor de una cama.

Tú, ahí abajo, perdido en esta inmensidad helada, que sufres desde hace tres días y dos noches, y nadie sabe dónde estarás al ponerse el sol...

Lunes 16 de junio

¿Cómo habrás pasado la noche?

Desde que ha salido el sol, Deley y yo hemos reanudado la búsqueda.

A pesar de que el cielo está exactamente igual de despejado, las montañas me parecen aún más inhospitalarias que ayer: un caos de macizos rocosos contra los que un avión puede estrellarse, precipicios donde se puede hundir.

¿Dónde estás?

Voy haciendo surcos, observo, retrocedo ante la menor duda, verifico cualquier mancha sospechosa, después retomo el camino, siempre decepcionado. Pero ¿no he sobrevolado ya esta montaña? ¿No he pasado ya por aquí? Para quienes no se han familiarizado con ellas, las montañas son todas parecidas, y éstas de aquí no las conozco.

Guillaumet, tú sí las conoces. Hace un año que te destinaron al tramo de Buenos Aires a Santiago, y has realizado esta travesía más de noventa veces. Sin duda podrás distinguir de un vistazo este pico de aquí, con forma de diente de tiburón, de aquel de allá, que recuerda más al diente de un serrucho. Y seguro que te habrás fijado en los lugares donde aterrizar en caso de avería...

Habría hecho falta que me iniciaras en estas montañas, como hiciste hace cuatro años en España.

Fue en Toulouse[1], en el hotel Grand Balcon, donde nos alojábamos. Al igual que los demás nuevos pilotos de la línea, acaba de pasar dos meses en los hangares de Montaudran desmontando bielas y engrasando pistones cuando, por fin, Daurat me anunció que al día siguiente efectuaría el primer correo hacia España. Sentía al mismo tiempo un enorme orgullo y cierta inquietud. En España hay pocos refugios donde tomar tierra en caso de avería en el

1. La anécdota que figura a continuación, como muchas anécdotas de este capítulo, la contó el mismo Antoine de Saint-Exupéry en su magnífico libro *Tierra de hombres*. [N. del A.]

motor. Y los mapas de los geógrafos no aportan ese tipo de información...

Por eso, aquella noche te fui a buscar. Me habías precedido por los caminos de España y conocías sus secretos. Necesitaba tu ayuda.

–¿No estás contento? –me preguntaste–. ¡Brindemos por ello!

Sacaste una botella de oporto y dos vasos del armario.

–Ya verás, algunas veces te causarán problemas las brumas, las nubes y la nieve. Piensa entonces que otros se enfrentaron a todo esto; tienes que decirte a ti mismo que si ellos pudieron, tú también puedes.

Irradiabas confianza, y eso hizo que me sintiera más tranquilo. De todas formas, quería revisar contigo los puntos principales del viaje. ¡Desplegué mi mapa y me ofreciste una impresionante lección de geografía!

No me hablaste de España ni de Guadix, sino de tres naranjos al borde de un campo, cerca de Guadix.

–Ten cuidado con ellos, márcalos en el mapa.

Los dibujé inmediatamente y entonces ocuparon más espacio que toda Sierra Nevada.

No me dijiste ni una palabra de Lorca, sino de una granjita cerca de Lorca donde vivían un granjero y una granjera.

–Si tienes problemas, ellos te ayudarán.

En vez de hablarme de los grandes ríos, me hablaste de un arroyo escondido bajo las hierbas en un campo al oeste de Motril.

–Ten cuidado con él, ¡echa a perder el campo!

En mi mapa, el arroyuelo se convirtió casi en una serpiente que merodeaba en aquel campo y, en caso de aterrizaje de emergencia, no dudaría en triturar mi avión.

–Y este prado de aquí puede parecerte despejado, pero ¡zas! Se te echan encima treinta borregos.

Al acabar la velada, mi austero mapa se había poblado de treinta ovejas, de un granjero y una granjera, de tres naranjos y de un arroyo. Gracias a tus consejos, España se convirtió en una amiga.

¡Cuánto me hubiera gustado recibir de ti la misma lección para las montañas andinas! Sabría mejor dónde buscarte, en este laberinto de montes y valles.

De Mendoza a Santiago, de Santiago a Mendoza, las travesías se suceden, todas parecidas, todas infructuosas.

La oscuridad ya está conquistando el fondo de los valles; el sol está a punto de ponerse.

Si has sobrevivido al accidente de avión y a las tres primeras noches a la intemperie, vas a afrontar la cuarta.

Aguanta, amigo mío, aguanta hasta mañana.

Martes 17 de junio

Anoche, desde Mendoza envié un telegrama a Noëlle, que se ha quedado en Buenos Aires.

Nunca me ha costado tanto encontrar las palabras. A pesar de que la esperanza se disipa minuto a minuto, como los granos de un reloj de arena, le dije que seguía creyéndote vivo, esperando junto a tu avión a que llegue el equipo de rescate.

¡Pero a pesar de nuestros vuelos y sobrevuelos, ni rastro de tu aparato!

Harían falta cien escuadrillas que exploraran este macizo durante cien años, para tener alguna posibilidad de verte; y sólo somos dos...

Pobre Noëlle, ¡qué insostenible debe resultarle esta espera!

Tu querida y tierna Noëlle...

Nos sorprendiste mucho el año pasado cuando anunciaste que te ibas a casar. Entonces nadie imaginaba que, del club de solteros endurecidos que formábamos Mermoz, tú y yo, tú serías el primero que se casaría con la mujer de su vida. ¡Qué difícil es para un piloto crear un hogar! ¿Cómo se abandona uno al amor de una mujer cuando, por la mañana, al ir a trabajar, no sabe si va a volver? Muchos son los pilotos que se niegan a casarse para seguir volando. Otros renuncian a su pasión para vivir su amor. Tú concilias las dos cosas. Vuelas y amas. Me das envidia...

Nunca te he visto tan contento como desde que conociste a Noëlle. Hace un año, cuando aterricé en esta horrible ciudad de Buenos Aires para dirigir la filial argentina de la Aeropostal, fuisteis mi única familia. ¿Cuántas veces el insomnio me ha empujado en plena noche hasta la puerta de vuestro nidito? Me acogíais, descorchabais una botella de vino y yo os leía las últimas páginas de mi

próxima novela, una historia de aviones y vuelos nocturnos. Me escuchabais pacientemente y después me quedaba dormido, bien entrada la noche, en vuestro sofá.

¡Oh, Henri, aquellas veladas estaban marcadas con el sello de la felicidad!

Pero claro, hablo de ello en pasado, como si aquella felicidad no fuera a existir más, como si la felicidad tuviera que ser necesariamente efímera.

Hace una semana estabas completamente feliz con Noëlle. Hoy, si sigues vivo, te estarás muriendo de frío y hambre junto a tu avión, a la espera del menor ronroneo venido del cielo, el ruido de un motor amigo, tu única esperanza de salvación.

Pero a mí el ruido me llena los oídos desde hace tres días y no te veo.

No puedo pensar más que en ti.

Y en Noëlle.

Miércoles 18 de junio

Una noche más.

Casi no queda esperanza de encontrarte vivo.

No obstante, Deley y yo no podemos decidirnos a abandonar la búsqueda. Eso significaría que estás muerto.

Mientras lo permita el tiempo, continuaremos.

Jueves 19 de junio

Sexto día desde que desapareciste.

A bordo del Potez, sigo hilvanando sin parar entre los pilares gigantes de los Andes, pero ahora me invade una espantosa sensación: ya no te estoy buscando de verdad... velo tu cuerpo en una catedral de nieve.

Nadie puede sobrevivir seis noches de invierno en estas montañas.

Es la primera vez que siento con tanto dolor la desaparición de un camarada. No obstante, he perdido a muchos: Bruyère, Aubry, Languille, Lécrivain y también Santelli. Pero, curiosamente, el dolor que siento cuando muere un piloto de la línea me ha parecido menos vivo que el que se siente por otro muerto.

No es que no estemos unidos unos a otros. Al contrario: vivimos acontecimientos excepcionales que nos unen todavía más. Como aquella avería en el desierto del Sáhara hace tres años. El avión de Riguelle se posó después de que se rompiera una biela. El avión acompañante se unió a él para recoger el equipaje, pero le tocó el turno de la avería y no pudo despegar. Yo estaba en Cabo Juby, fui a su encuentro y los encontré, pero, nada más aterrizar, se puso el sol. Decidimos pasar la noche en el desierto. No estábamos especialmente tranquilos: un año antes, en el mismo sitio, los rebeldes tuareg habían capturado y torturado a nuestro camarada Gourp. ¿Nos habrían visto aterrizar? ¿Los tendríamos ya pisándonos los talones? Montamos el campamento, colocamos velas en el fondo de cajas vacías y esperamos la llegada del alba. O de los rebeldes. Perdi-

dos en mitad del desierto, éramos seis hombres que no poseían nada en el mundo excepto arena, viento y estrellas. Pero teníamos recuerdos que compartir, infinito tesoro, y aquélla fue la noche más maravillosa, una noche de intercambio a la luz de las velas, uno de esos momentos raros en los que el peligro acerca a los hombres, en los que se dicen cosas verdaderas, en los que uno se siente un ser humano rodeado de seres humanos, uno de esos momentos que le hacen a uno amar su trabajo.

Al día siguiente, al alba, reparamos los aviones y después cada uno se fue por su lado.

Por esta razón, la desaparición de un camarada es menos dolorosa que la de otro muerto. Como estamos dispersos de Toulouse a Santiago en más de trece mil kilómetros, a menudo pasan semanas y meses antes de que, por el azar de una rotación, volvamos a ver a un viejo compañero. Entonces, en un restaurante de Barcelona, Dakar o Buenos Aires, el hilo de la amistad se reanuda, resurgen los recuerdos y la conversación empieza donde se interrumpió. Estamos habituados a vivir con la ausencia de nuestros camaradas, y su muerte no es más que una ausencia prolongada. Se necesita tiempo antes de comprender que no se le volverá a ver, que no se volverá a oír su risa. Estas pérdidas son más amargas que violentas.

Pero a ti, Guillaumet, a quien veía tanto, cuya bondad me reconfortaba sobre la naturaleza humana y cuyo optimismo me ayudaba a vivir, ya te echo de menos.

Profundamente.

Visceralmente.

Terriblemente.

Viernes 20 de junio

Ruidos de platos y cubiertos.

El camarero revolotea entre las mesas donde comen los clientes.

Esta mañana he sobrevolado por última vez los Andes. Por primera vez en cuatro días, el cielo estaba cubierto. Desde mi avión era imposible ver el suelo.

Imposible proseguir con la búsqueda.

En el restaurante de Mendoza en el que intento recuperar fuerzas, me dejo embriagar por los ruidos de los cubiertos y la indiferencia de la gente a la hora de comer.

De aquí a un rato regresaré hacia Buenos Aires.

Tengo que dar a Noëlle la terrible noticia.

Ya no volverás.

Capítulo cinco

Mi amor,

No estás muerto.

Miro a mi alrededor y todo lo que hay en nuestro pequeño apartamento me recuerda tu presencia. En la mesilla de noche, un vaso de agua. Colgado en la entrada, el abrigo que te sienta tan bien y tu sombrero de fieltro. En la mesa del despacho, una foto de nosotros dos en el puerto de Dakar y las dos revistas en francés que todavía no has acabado de leer.

Lo ves, no he tocado nada, espero que vuelvas.

Hace una semana que no duermo. Cada ruido en el inmueble, cada crujido en la escalera me sobresalta. Te imagino subiendo los escalones de cuatro en cuatro, metiendo la llave en la puerta, abriendo, luego estrechándome entre tus brazos... Pero el ruido es sólo un vecino que vuelve a su casa.

En varias ocasiones han llamado a la puerta. Era tu jefe Barrière, o incluso un mensajero que traía un telegrama de Saint-Ex. Al principio todos querían reconfortarme. Eres un excelente piloto: seguramente habrías aterrizado ahí arriba, en los Andes, y esperarías a que te rescataran. Pero, con el paso de los días, se han oído noticias contradictorias, una de cal y otra de arena: una mañana te habían encontrado sano y salvo en un pueblo chileno y, por la tarde, tu avión había aparecido hecho trizas. Los periódicos no cuentan más que tonterías.

Desde hace dos días noto que Barrière intenta prepararme para lo peor. "Hay que afrontar las cosas directamente, Noëlle, no se sale de la cordillera así como así..." Lo que entiendo es que pronto van a dejar de buscar.

¡Pero no deberían hacerlo! ¡Eso sería un crimen! Porque sigues vivo, yo lo sé. ¡Puede parecer estúpido, pero una mujer siente este tipo de cosas!

Miro nuestra foto sobre la mesa. Me sonríes.

¡Oh, amor mío, cuánto me gusta tu cara! Me encantan tus ojos, que brillan de inteligencia, tu boca fina y delicada; me encantan tus robustos brazos, que me tranquilizan cuando me abrazas, y tus manos, tan suaves; me encantan la bondad que muestras ante cualquier circunstancia y tu generosidad. Te quiero.

Te quiero como el primer día, en Dakar. Ibas al volante de tu Amilcar descapotable con un casco colonial en la cabeza. Le habías cortado el borde por la parte delantera, dejando lo de atrás para protegerte la nuca. Era un poco ridículo, pero estabas tan guapo con el casco, tan radiante. Me enamoré inmediatamente. ¿Y qué podía hacer yo, si ya estaba casada? Estaba acompañando a mi marido en un viaje de negocios a Senegal, y así entraste en mi vida, sin avisar. Pero desde entonces, nadie podría haberme separado de ti.

Dejé a mi marido para seguirte.

No sé si lo entendió.

No sé si la gente puede entenderlo.

Hace falta tanto amor para vivir con un aviador, tanta confianza para no morir de miedo cuando despega, tanta fuerza para callar. ¿Cuántas veces, por la mañana, cuando preparas tus cosas para ir al aeropuerto, he querido pedirte que renuncies, que te quedes conmigo en casa? ¿Cuántas veces, después del accidente de algún camarada, al imaginarte en su lugar en el ataúd, he estado a punto de suplicarte que cambiaras de trabajo?

Pero eso habría sido muy egoísta por mi parte. Eres un aviador, es tu razón para vivir: eres feliz en las nubes al sentir el viento helado en la cara, vences las tormentas, ves la primera luz del día después de una noche de vuelo... Me lo has dicho, ahí arriba es donde te sientes realmente vivo, donde eres un hombre pleno.

Y ese aviador es el hombre al que quiero y admiro.

No querría que cambiaras por nada del mundo, pero ¡Dios! Qué difícil es algunas veces...

Te echo tanto de menos.

Pero sé que volverás, y nuestros reencuentros serán cada vez más fuertes, nuestras alegrías futuras cada vez más maravillosas...

Viviremos más momentos de eternidad como el que me regalaste hace cinco meses, cuando me invitaste a atravesar los Andes contigo. Yo iba en la parte trasera del Potez 25, y la cordillera se extendía bajo nuestras miradas con una belleza suntuosa. Pero lo que miraba con más frecuencia era la espalda enfrente de mí, tu espalda acorazada de cuero, poderosa, robusta, una roca inquebrantable de fuerza y seguridad. Era feliz. Y después llegamos a Mendoza. Un mar de nubes cubría la llanura; hiciste que tu avión se sumergiera en él. Como tú ibas delante, te vi hundirte primero en la nube. Durante algunos segundos, te engulló, te volviste blanco y luego desapareciste...

¡Oh, amor mío, te lo suplico, vuelve a mi lado!

Sin ti no soy nada aquí abajo, y nos quedan tantas cosas por vivir juntos.

Y las revistas siguen en la mesa del despacho, tienes que acabar de leerlas.

¡Vuelve, amor mío!

Te espero...

Segunda parte

Lo que se supo después sobre la desaparición de Henri Guillaumet

Capítulo uno

Salida de Santiago

En cuanto sonó el despertador aquel viernes 13 de junio de 1930, a las 6.30 h de la mañana, Henri Guillaumet lo apagó y pasó un instante en la oscuridad, disfrutando todavía del suave calor de su cama. Pensó en el vuelo del día, en el clima, en Noëlle.

Pero en ningún momento le vino a la cabeza que ese día fuera un viernes 13. E incluso si lo hubiera pensado, no era supersticioso. Les dejaba a otros los tréboles de cuatro hojas, las herraduras y las patas de conejo; sólo creía en la solidez de su avión, en el trabajo de los mecánicos y en su conocimiento perfecto del vuelo. No obstante, si hubiera pensado en ello, se habría acordado de que el único accidente que tuvo durante su carrera –un aterrizaje fallido durante el servicio militar– se produjo un viernes 13.

Después de los agradables minutos de oscuridad, el aviador encendió una luz. La habitación estaba tan desnuda como la de un hotelito: una cama, una mesilla de noche y una lámpara, un escritorio y una silla, una jarra de agua y un barreño de hierro esmaltado, un espejo colgado de la pared. Conocía aquel lugar de memoria: es donde pasan la noche los pilotos que hacen escala en el aeropuerto de Santiago.

Se levantó y se dirigió a la ventana. Con la manga del pijama secó el vaho. La noche había sido fresca –en el hemisferio sur, junio marca el principio del invierno– y todavía estaba demasiado oscuro para ver cualquier cosa fuera. Sólo se dibujaban las siluetas negras de los hangares en la penumbra.

Guillaumet se acercó a la mesa, vertió el agua fría de la jarra en el barreño y se lavó la cara. Abrió su neceser y sacó una cuchilla, jabón y una brocha de afeitar. Después de afeitarse, se desvistió, se puso un traje de calle y guardó el pijama y el neceser en la pequeña maleta *beige* que lo seguía a todas partes, lo bastante pequeña para entrar en el avión y lo bastante grande para guardar lo necesario para dos días.

A las 6.55 h salió de la habitación con la maleta en la mano, se desvió hacia los servicios antes de salir del albergue. El cielo, cargado de pesadas nubes, seguía igual de sombrío. Las lámparas eléctricas, colocadas por todas partes, en las cuatro esquinas del aeropuerto, a duras penas lu-

chaban contra la noche. A la derecha, la ventana iluminada de la sala de radio. Más allá, por la puerta entreabierta del hangar de los aviones, un resplandor indicaba que el mecánico jefe, Clavier, ya estaba trabajando. A la izquierda, a unos cincuenta metros, un farolillo señalaba la puerta de la casa del viejo Deley, el jefe del aeropuerto.

Guillaumet avanzó en esa dirección y, al pasar junto a las dos inmensas antenas de radio, alzó la cabeza mecánicamente. ¡Estos postes, siempre tan impresionantes! Dos estructuras metálicas de unos cuarenta metros de alto, como torres Eiffel que enviaban mensajes de radio al otro lado de los Andes, a Mendoza. ¡Y pensar que aquí mismo, hace dos años, no había nada! Un páramo... En este campo de patatas, la compañía Aeropostal había plantado hangares, casas y estas dos antenas gigantes, y había allanado una pista de aterrizaje. En unos pocos meses había nacido un aeropuerto, parecido a otros veinte construidos a lo largo de la línea en Europa, África y Sudamérica. ¡Decididamente, la compañía realizaba cosas bellas y grandes, tanto en la tierra como en el cielo!

Guillaumet estaba orgulloso de formar parte de esta aventura.

Al llegar a casa del viejo Deley, llamó a la puerta. Hélène, su esposa, abrió.

–Buenos días, Henri. ¿Qué tal estás? ¡Pasa!

Entró en el vestíbulo y luego se dirigió hacia el comedor. La mesa estaba lista para el desayuno. El café recién hecho olía bien. Guillaumet apreciaba aquel lugar y la calurosa acogida de Deley.

–Buenos días, Hélène. ¿Pierre no está?

–Está en la sala de radio. Volverá de un momento a otro... Deja que te sirva café.

Mientras Guillaumet untaba mantequilla en una tostada, la puerta se abrió y Pierre Deley entró. De estatura media, delgado, rostro estrecho, tenía treinta y siete años aunque aparentaba algo más. Y como además era el jefe del aeropuerto, los pilotos lo apodaban con respeto y afecto el «viejo Deley».

–Buenos días, Henri. ¿Has dormido bien? Acabo de pedir a los de Mendoza que nos den noticias del tiempo que hace allí. No está demasiado bien.

Le alargó el telegrama a Guillaumet. Éste lo cogió y leyó: «Cielo cubierto con claros». Efectivamente, no era alentador en absoluto... pero si había claros, significaba que existía la posibilidad de encontrar un camino a través de las nubes.

–¿Qué piensas? –preguntó Deley.

–Creo que voy a intentarlo. El correo ya lleva bastante retraso.

Efectivamente, el día anterior, a las 14 h, Guillaumet había intentado forzar un primer viaje sobre los Andes. Después de despegar de Santiago, tomó el camino del Transandino, pero el viento soplaba a más de cien kilómetros por hora y las nubes bloqueaban por completo el puerto del Cristo Redentor. Una auténtica tormenta de nieve. Era

imposible seguir. Intentó entonces otra ruta más al sur, sin éxito. De regreso a Santiago, había decidido, con la aprobación de Pierre Deley, llevar el correo al día siguiente.

–¿Estás seguro de que quieres intentarlo?

–El correo debe llegar –respondió Guillaumet, con una sonrisa tranquilizadora.

Sí, puesto que, en este sentido, el aviador era consciente de ser el primer eslabón de una larga cadena aérea que llevaba el correo a Europa. Si él, el primer eslabón, se retrasaba demasiado, toda la cadena se desorganizaría. Además, tenía ganas de regresar lo más rápido posible a Buenos Aires para ver a Noëlle.

–¡Pero siéntate! –añadió dirigiéndose a Deley–. ¡Estás en tu casa!

El jefe del aeropuerto se sentó y Guillaumet reanudó apaciblemente su desayuno. La meteorología no lo inquietaba más de la cuenta. Ya se había enfrentado a otras tormentas y, sobre todo, conocía sus límites: si comprobaba que los Andes estaban infranqueables, no se obstinaría y daría media vuelta.

A las 7.35 h, un ruido de chapa ondulada sonó en el exterior.

–Clavier está abriendo la puerta del gran hangar –anunció Deley–. Pero todavía tienes un poco de tiempo...

–No, ya es hora, me marcho ya... –Guillaumet se limpió la boca y se levantó–. Gracias, Hélène, por el desayuno. ¡Hasta la semana que viene, con el próximo correo!

–¡Adiós, Henri! Dale un beso a Noëlle de mi parte.

–No se me olvidará.

–Te acompaño –dijo Deley.

Ambos hombres salieron de casa. El cielo, igual de cubierto, se estaba iluminando. Ya era de día. A la derecha, en el gran hangar, Clavier trabajaba con el Potez 25 de Guillaumet.

–¿Todo bien, jefe? –preguntó Guillaumet cuando llegaron.

El mecánico jefe se dio la vuelta.

–¡Ah, hola, Henri! Sí, todo bien. El trabajo está muy adelantado. He comprobado todo. Eso sí, no he tocado el correo: está como tú lo dejaste ayer y te he dejado las herramientas allá abajo, en la silla.

Guillaumet dejó su maleta en el suelo y dio la vuelta alrededor de su avión. Era un biplano de catorce metros de largo, color crema, con la matrícula F-AJDZ pintada de negro en el flanco. En lo alto de la carlinga, había dos huecos para los asientos, uno para el piloto y otro para el pasajero. Como no había compartimento para el equipaje, el asiento trasero se usaba para los sacos postales.

El piloto se dirigió hacia la silla en la que estaban sus cosas. Cogió su cazadora de cuero y se la puso sobre la ropa de calle. Le gustaban esos momentos, cuando, antes de un vuelo, se abrigaba bien, se enrollaba la bufanda al cuello, se ponía el gorro de piloto de cuero, metía los pies ya calzados en unas amplias zapatillas forradas y se ponía los

guantes. Era un momento de gran concentración: la calma antes de la tormenta.

Miró el reloj: 7.45 h.

–Allá voy.

En la vida cotidiana, no le gustaba hablar mucho; pero antes de un vuelo, era casi un sufrimiento.

–Espero que las nubes te dejen pasar –dijo inquieto Deley–. Pero si ves que...

–¡No te preocupes, todo irá bien!

Guillaumet cogió su maleta, subió por el ala y la metió en el asiento posterior, entre los sacos postales. Se sentó a horcajadas en el fuselaje metálico y se deslizó dentro de la cabina. Lo único que sobresalía entonces era su cabeza. Abrochó el arnés de seguridad, accionó el control para verificar que los timones de dirección y de profundidad respondían bien y echó un vistazo a los niveles de aceite y carburante.

–Está bien –exclamó dirigiéndose a Clavier.

Éste puso la manivela de arranque y braceó el motor para desgomar los cilindros. Abrió el grifo del carburante y braceó de nuevo para limpiar los cilindros. En la cabina, Guillaumet ajustó la aguja del gas y seleccionó los magnetos. Clavier volvió a accionar la manivela, el motor carraspeó y se puso en marcha. El avión entero empezó a vibrar. Clavier retiró la manivela, se alejó del avión acercándose a Deley. En mitad del estrépito que había invadido el hangar, indicó con un gesto al piloto que todo estaba en orden.

Guillaumet respondió con un gesto de despedida. Accionó la palanca del gas; el motor aceleró, el biplano se sacudió y salió lentamente del hangar. Dio más gas: el avión aceleró más, deslizándose sobre la hierba de la pista de aterrizaje. Cuando alcanzó el final de la pista, el piloto accionó el timón de dirección para dar media vuelta, luego inmovilizó el aparato.

Ya estaba listo.

Antes de aquel viaje, ya había atravesado los Andes noventa y dos veces.

Desde la cabina, Guillaumet estaba concentrado en el otro extremo de la pista, en su plan de vuelo, en el «cielo cubierto con claros», en los Andes, que se alzaban a su izquierda. Estaba concentrado pero contento de estar al mando de un avión, contento como en cada vuelo anterior, como el primer día, cuando fue su bautizo en el aire, en el pueblo de Bouy, durante la Gran Guerra.

A las 8.00 h de aquel viernes 13 de junio de 1930, Henri Guillaumet accionó la palanca del gas. Su avión avanzó, ganó cada vez más velocidad. Los árboles, los hangares, los edificios del aeropuerto desfilaron. Cuando consideró suficiente la velocidad, tiró del control. El timón de profundidad se levantó; el morro del biplano se alzó y, casi inmediatamente, las ruedas despegaron del suelo.

El Potez 25 había alzado el vuelo.

Tras unos segundos, el aviador giró en dirección a la cordillera. El aparato se inclinó hacia la izquierda y el piloto aprovechó para mirar abajo, hacia el aeropuerto. Distinguió la silueta fina del viejo Deley, que se dirigía a la sala de radio, seguramente para avisar a Mendoza del despegue del avión.

Guillaumet se divertía imaginando el contenido del telegrama. Algo así como: *De Santiago a Mendoza. Correo en camino. Stop. Den noticias en cuanto llegue. Stop.*

Capítulo dos

El vuelo

Con las manos en el comando, Guillaumet se movía de un lado para otro en la cabina. Se trataba, desde el principio del vuelo, de encontrar la posición más cómoda. Después, durante el resto del trayecto, no se movería casi nada.

Seiscientos, setecientos, ochocientos...

El piloto ojeaba el cuadro de mando. Según la brújula, el avión se dirigía hacia el norte. Perfecto. Bordearía la cordillera y giraría al este para sobrevolar el ferrocarril transandino hasta Argentina. La aguja del altímetro giraba.

Mil, mil cien, mil doscientos...

En la parte delantera, el motor Lorraine de cuatrocientos cincuenta caballos batía ruidosamente. Sus vibraciones se transmitían a todo el avión. A Guillaumet le gustaba sentirlas: era como si su montura de chapa y lona cobrara vida. Sentía ternura por su biplano, un aparato

rústico, de estilo antiguo, en el que estaba lo más cerca de los elementos. A diferencia del nuevo Latécoère 28, de servicio en algunos trechos de la línea, el Potez 25 no poseía una cabina cerrada: el piloto, con la cabeza fuera, apenas protegida por un parabrisas de mica, sufría los mordiscos de la nieve, del frío y del viento.

Dos mil, dos mil cien, dos mil doscientos...

A Guillaumet le gustaba el pequeño avión especialmente por una cualidad extraña: era famoso por sus ascensos. Fue concebido para realizar reconocimientos militares, por lo que era ligero y ganaba altitud en poquísimo tiempo. Mientras que el Laté necesitaba una hora para llegar al techo de cuatro mil metros, el Potez no necesitaba más de veinte minutos. Y algo indispensable para cruzar los Andes: era capaz de ascender hasta seis mil metros y más. Por esta razón, Daurat lo había elegido.

Tres mil, tres mil cien, tres mil doscientos...

Un viento cada vez más frío abofeteaba la cara del aviador. Con los ojos protegidos por unas gafas, calibraba las nubes grises que había por encima. La batalla contra los elementos iba a empezar. Su plan era a la vez simple y complicado: delante de él, los Andes, un muro de más de cuatro mil metros de altura. Debajo de él, la superficie nubosa, que había descendido aquel día a menos de cuatro mil metros. Para atravesar la cordillera, tenía que penetrar en las nubes. Pero si ya es difícil navegar a ciegas sobre una llanura, en los Andes era imposible. Corría el

riesgo de tropezar con cumbres como el Aconcagua, que domina la región con sus seis mil novecientos cincuenta y nueve metros. Por tanto, tendría que alcanzar bastante altitud para salir de las nubes y conseguir visibilidad por encima del manto nuboso.

Tres mil quinientos, tres mil seiscientos, tres mil seiscientos cincuenta...

Un primer nubarrón algodonoso, después inmediata vuelta a la claridad. Un segundo nubarrón, más largo. El tercero fue definitivo: el piloto había entrado en las nubes. En esa bruma espesa y húmeda, a duras penas veía el extremo de sus alas. Era una sensación desconcertante: no había ninguna referencia. Ni arriba, ni abajo, ni a la izquierda, ni a la derecha. Sólo algodón espeso por todas partes. Más concentrado que nunca, Guillaumet tenía la mirada fija en el cuadro de mando. Igual que un ciego que confía en su bastón, él confiaba por completo en sus instrumentos para salir de allí. La brújula para la dirección; el horizonte artificial para la posición con respecto a la horizontal; el indicador de viraje para la tasa de viraje; y el altímetro.

Cinco mil, cinco mil cien, cinco mil doscientos...

Diez minutos interminables en las nubes, y ni un solo claro a la vista. Todo lo contrario: una nieve espesa nublaba aún más la visibilidad. Y con las montañas cada vez más cerca, las turbulencias se multiplicaban. Los vientos del Pacífico, al chocar con los Andes, provocaban remoli-

nos con efectos aleatorios. Las ráfagas levantaban el biplano con toda facilidad, como si fuera una hoja de árbol. En la cabina, Guillaumet luchaba, rectificaba constantemente la posición, esperaba. ¿Vería pronto el final de las nubes?

Seis mil quinientos, seis mil seiscientos, seis mil setecientos...

Era inútil insistir. La capa de nubes debía de elevarse en ese lugar a más de ocho mil metros. Seguir en esas condiciones habría sido un suicidio. Había que retroceder lo más deprisa posible –ya que las montañas se acercaban peligrosamente– y después descender por debajo de las nubes en busca de visibilidad. El piloto inclinó el comando hacia la derecha y, cuando la brújula marcaba dirección oeste, lo enderezó, dejándose caer hacia el valle.

A tres mil seiscientos metros, Guillaumet salió de las nubes tan brutalmente como había entrado. Estaba tan feliz de volver a ver el mundo, que la monótona llanura bajo el avión le parecía casi sonriente. Y ahora, el contraataque. Porque había perdido una batalla, pero no admitiría la derrota. Rumbo al sur: a ciento cincuenta kilómetros de allí, junto al volcán Maipú, conocía otra ruta a través de los Andes. Era una ruta algo más larga, cierto, pero perfectamente practicable. De hecho, ya la había tomado varias veces, siempre que el Transandino estaba obstruido.

Bordeó los Andes en el sentido opuesto, volvió a pasar por encima del aeropuerto de Santiago y, al acercarse a

Puente Alto, se lanzó hacia el sudeste por el valle que lleva al volcán.

Tres mil quinientos, tres mil seiscientos, tres mil setecientos...

Y, de nuevo, entró en las nubes. Con la esperanza de que la capa nubosa aquí fuera menos gruesa.

Cuatro mil quinientos, cuatro mil seiscientos, cuatro mil setecientos...

El viento soplaba con la misma fuerza y la nieve no permitía más visibilidad que por el Transandino. Estaba claro que el trayecto a Mendoza iba a resultar muy complicado.

Cinco mil, cinco mil cien, cinco mil doscientos...

Pero Guillaumet se negaba a abdicar. A pesar de las sacudidas, la deriva por culpa del viento violento y la navegación a ciegas, quería llegar, superar las nubes, superar los Andes, llevar el correo y volver a ver a Noëlle.

Seis mil trescientos, seis mil cuatrocientos...

Cuando estaba preparándose para renunciar de nuevo, las nubes se volvieron progresivamente más luminosas, más lechosas.

Seis mil quinientos metros.

Y de repente, las brumas se dispersaron, dando paso a un cielo azul profundo, como sólo se ve a esa altura. Por delante, en dirección este-nordeste, el sol, que estaba bastante alto sobre el horizonte, brillaba. Guillaumet lo saludó inclinando la cabeza y miró el reloj: las

10.00 h. Se había retrasado, pero ahora había logrado la victoria: en menos de una hora y media, aterrizaría en Mendoza.

Lo más bonito estaba por llegar: ahora sobrevolaba un paisaje suntuoso. Su avión flotaba sobre un mar de nubes blancas y aborregadas. Por todas partes emergían en este mar vaporoso islas nevadas: las cumbres más elevadas de los Andes. Algunas veces el avión se zambullía en nubes algo más altas que las demás y salía inmediatamente de ellas. Si no fuera por el ruido del motor, uno creería estar soñando.

Guillaumet estaba contento de haber podido enseñarle todo eso a Noëlle; ahora ella sabía lo que él...

Una sacudida.

El piloto se aferró al timón de control.

Un bache aéreo.

Era como si el avión, atraído por las nubes, fuera aspirado hacia abajo. Guillaumet encabritó el vehículo. Sin resultado: perdía altura.

Una potentísima corriente de aire.

Giró a la derecha para intentar escapar. Pero no logró nada: la aguja del altímetro caía dando vueltas.

Entrada brutal en las nubes.

El Potez caía cada vez más rápido. El piloto tiraba del control, pero estaba blando. Ya había vivido esto: en un avión en caída libre nada responde.

Cinco mil setecientos, cinco mil seiscientos...

Que no cunda el pánico, lo principal es no ceder a esta terrible sensación de impotencia. ¡Había que recuperar el control!

Cinco mil, cuatro mil novecientos...

El avión caía a casi veinte metros por segundo. A ese ritmo vertiginoso...

Cuatro mil seiscientos...

Hubo enormes sacudidas. Arrastrado por el remolino, el avión se agitaba en todas direcciones. El piloto habría sido despedido si no hubiera estado atado al asiento; las correas de cuero le cizallaban los hombros.

Cuatro mil trescientos...

Todo pasaba deprisa y despacio a la vez. La caída había empezado dos minutos antes, pero parecía una eternidad. El piloto pensaba tantas cosas al mismo tiempo que tenía la sensación de vivir los acontecimientos al ralentí. Pensaba en las montañas. En esa región, se alzaban a cuatro mil o cuatro mil quinientos metros. Pronto se produciría el choque, la gran luz, el fin. De hecho, ya tenía que haberse producido.

Cuatro mil cien.

Le hubiera gustado ver a Noëlle por última vez. Si lo hubiera sabido, le habría dicho más a menudo que la quería. Ella merecía algo más que un aviador.

Cuatro mil.

¿Todavía nada? ¿Acaso la muerte no lo quería? Pero los controles seguían desesperantemente flojos; era sólo una prórroga.

Tres mil novecientos.

Le hubiera gustado volver a ver a sus camaradas, y el desierto del Sáhara, y a sus hermanos, y Bouy, su pueblo.

Tres mil ochocientos.

De pronto, los controles retomaron cierta consistencia. El biplano recuperó sustentación. El aviador tiró del comando y...

Tres mil setecientos.

... gracias a sus audaces maniobras, frenó el descenso, lo detuvo.

Tres mil quinientos.

Un milagro: tras tres mil metros de caída en tres minutos, el avión se había estabilizado. Había descendido por debajo de las nubes pero, a causa de la tormenta de nieve que hacía estragos en aquella parte, la visibilidad seguía siendo mala.

Con el corazón acelerado, Guillaumet intentó orientarse: abajo, una mancha alargada y negra en lo profundo de las montañas. La reconoció inmediatamente: era la laguna del Diamante, un lago que había visto varias veces desde el aire.

El biplano no se había estrellado, pero no había razón para alegrarse. Aparte del lago, todo, absolutamente todo, era blanco: el valle nevado debajo, las montañas de alrededor, el cielo nuboso por encima, incluso el aire, cargado de copos. El avión era un prisionero en una jaula blanca.

La única escapatoria posible era el cielo... si se aclaraba.

Aferrándose a esta delgada esperanza, Guillaumet describió un primer círculo sobre la única referencia visible, el lago, después un segundo círculo y un tercero.

Pasaron cinco minutos, luego diez, luego veinte... La tormenta de nieve no se debilitaba.

¿Aterrizar? Tenía que ser posible. Un amigo, que un día de verano había llegado hasta el lago durante una cacería de guanaco, había afirmado que la orilla era llana y poco pantanosa. Pero una vez en tierra, habría que despegar, y más valía quedarse en el aire el mayor tiempo posible.

Media hora, una hora, una hora y media.

El nivel de carburante bajaba peligrosamente. Dentro de poco se quedaría sin combustible.

Guillaumet no veía otra solución: dio una última vuelta al lago para fijarse en el mejor lugar para aterrizar, disminuyó el gas y presionó el control. El suelo se acercaba. Cinco metros, dos metros... Un ruido ahogado; el tren de aterrizaje había tocado tierra. El piloto disminuyó el gas un poco más. El avión redujo la velocidad pero, casi inmediatamente, las ruedas se hundieron en la espesa capa de nieve que cubría la orilla.

Todo ocurrió entonces en una fracción de segundo y con extrema violencia. La parte inferior del avión se frenó bruscamente. La parte superior de la carlinga, arrastrada por la velocidad, se volcó hacia delante. El morro del Potez se hundió en la nieve, la hélice se bloqueó y el motor se

caló. La cola del aparato se levantó. El biplano se puso en vertical y después, llevado por su propia velocidad, volcó con un gran estrépito.

Durante unos instantes, una de las ruedas del tren de aterrizaje, ahora dirigida al cielo, giró y chirrió en el vacío.

Después de que se quedara inmóvil, no se oyó nada más, en aquel valle nevado, que el soplo helado del viento invernal.

Capítulo tres

La espera

¿Era eso la muerte?

Un frío blanco e infinitamente intenso.

¿Era así de sencillo?

Entonces ¿por qué, desde la noche de los tiempos, se le da tanta importancia?

Por ignorancia, sin duda.

Lo más extraño era que las cosas de la otra vida le acompañan a uno en el otro mundo: la capacidad de pensar, los escalofríos por la temperatura, incluso el avión.

¿Había muerto también el avión?

No, todo aquello era absurdo.

Aún aturdido por el accidente, Henri Guillaumet intentó reordenar sus ideas.

No, no estaba muerto: sólo había sufrido un accidente. Estaba aún sujeto al asiento, con la cabeza colgando dentro de la carlinga, que estaba boca abajo. Desabrochó el arnés y cayó de cabeza en la nieve: un duro regreso a la tierra.

Se enderezó, se puso las gafas de aviador en la frente y contó sus miembros: dos brazos, dos piernas, una cabeza, un tronco. Todo estaba en su sitio, no tenía nada roto.

Sin embargo, su avión parecía estar en mal estado. Dio una vuelta a su alrededor: la hélice torcida, los compensadores de los alerones estaban aplastados, la deriva y el timón de dirección estropeados. Y lo más importante: era imposible que una sola persona pusiera en pie el biplano, que pesaba una tonelada y media y estaba boca arriba como un pájaro muerto. Inutilizable.

Desesperado, Guillaumet dio una patada a una pella de nieve. Estaba perdido en el corazón de los Andes, en una región desierta e inaccesible en invierno, sin radio para señalar su posición; su situación era catastrófica. No podría salir de allí solo: su salvación sólo podía venir del cielo, cuando sus camaradas comprendieran lo que había pasado y comenzaran la búsqueda.

Levantó los ojos hacia las nubes grises. Era necesario que cesara la tormenta de nieve... ¿Cuánto tiempo iba a durar? ¿Un día, dos días, una semana? ¿Se puede sobrevivir tanto tiempo en el frío?

Tenía que prepararse para una espera larga, muy larga. Y para ello, había que empezar haciendo inventario de los víveres.

Subió por el ala y abrió el arcón que contenía el material de supervivencia. Inspeccionó febrilmente su contenido: leche condensada, ternera enlatada, una botella de ron, galletas, varias latas de sardinas, una linterna y un hornillo de alcohol solidificado. No estaba mal. ¿Y las cerillas? ¿Dónde estaban las cerillas para el hornillo? Vació el arcón. Nada. ¿En sus bolsillos? Tampoco. ¿Entre sus cosas...? Poseído por la inquietud, saltó del aparato, soltó su maleta del asiento trasero y la abrió: el pijama, el neceser, la brújula, un segundo par de zapatos, un traje de recambio... ¡pero ni una cerilla! Metió una mano temblorosa en los bolsillos del traje y –¡oh, gracias, Dios mío!– sacó cuatro cajitas de cerillas, recuerdo milagroso de una noche en un restaurante de Buenos Aires. Las metió cuidadosamente en el bolsillo interior de su chaqueta, donde estarían bien secas.

Y ahora había que construir un refugio para protegerse del frío. La cabina del avión boca abajo era inutilizable. ¿Qué iba a hacer?

Gracias a un golpe de suerte de lo más afortunado, Guillaumet, que leía poco, había devorado hacía varias semanas una obra titulada *El gran silencio blanco.* Su autor, Louis-Frédéric Rouquette, había viajado mucho por Alaska. Su libro constaba de unas quince historias cortas que tenían lugar en el Polo Norte. En una de ellas, el héroe, sorprendido por la llegada de una tormenta de nieve, construía un iglú mientras los perros de su trineo excavaban agujeros en la nieve para guarecerse.

Como Guillaumet no sabía hacer un iglú, imitaría a los perros. Arrancó la portezuela que permitía inspeccionar el interior de su avión y, usándola como pala, cavó un amplio agujero en la nieve. Cuando llegó al suelo helado, sacó el paracaídas del avión y lo desplegó. En el libro, el héroe extendía dos pieles de foca en el suelo como alfombra; él se contentaría con el paracaídas. Colocó en este refugio improvisado los sacos postales, los víveres y su maleta, después se deslizó dentro y tapó la entrada con nieve lo mejor que pudo.

Ahora sólo podía esperar. Esperar sin nada que hacer. Por su trabajo, estaba acostumbrado a pasar horas sin moverse y sin levantarse. Pero en un avión siempre había alguna cosa que hacer: verificar un plano, controlar los indicadores, consultar la brújula, o sencillamente admirar el paisaje. Vamos, que tenía la mente ocupada constantemente. Pero allí, encerrado en aquel agujero oscuro, con espacio sólo para darse la vuelta, no había nada que hacer. Absolutamente nada. Se sentía como un prisionero. El frío, que no había sufrido desde que dejó Santiago, lo vencía progresivamente. La temperatura en el refugio debía de superar ligeramente los cero grados. A pesar de los zapatos de ciudad y las zapatillas forradas, los dedos de sus pies empezaban a helarse y la horrible sensación progresaba poco a poco por los tobillos y las pantorrillas. Guillaumet estaba prisionero y, lo que era peor, ignoraba cuánto tiempo podría aguantar. Encendió la linterna apuntando

a su reloj. 16.37 h. Cinco horas después de aterrizar, y fuera la tormenta seguía. A esa hora, ningún avión despegaría. Iba a pasar la noche en su refugio improvisado. Seguramente en Buenos Aires ya habrían avisado a Noëlle. La pobre debía de estar inquieta sin poder hacer nada para ayudar... Comer: en eso ocuparía el tiempo. Buscó las cerillas. Una llama amarilla iluminó el refugio. Abrió una lata de ternera, la calentó y devoró su contenido. ¡Qué alegría sentir algo caliente bajar por la garganta! Después rellenó con nieve la lata, la fundió y se la bebió. Miró el reloj –18.10 h– y luego apagó el hornillo para ahorrar. Fuera, la noche había caído. El viento soplaba con más fuerza, haciendo que los montantes del biplano bramaran. Guillaumet cerró los ojos para intentar dormir un poco; así el tiempo pasaría más rápido. Pero pensaba en tantas cosas –Noëlle, los aviones, los camaradas, la tormenta, los Andes, la nieve, Noëlle, los pies congelados, la postura incómoda, Noëlle...– que ya no sabía si era un hombre despierto que pensaba o un hombre dormido que soñaba. De vez en cuando encendía la linterna y miraba la hora. La noche pasaba tan despacio...

A las 6.35 h del sábado 14 de junio, Guillaumet no sabía si salir. La noche helada había sido terrible. Fuera, el viento soplaba tan lúgubre como antes. Y pensar que hacía veinticuatro horas se había despertado al calor de una cama antes de un buen desayuno. ¡Cómo le hubiera gustado dar marcha atrás y decidir que no, que las condiciones

meteorológicas eran demasiado malas para volar! Pero ¿de qué servía lamentarse de lo que no había hecho? Le hubiera gustado salir de aquel iglú, sólo para desentumecer las piernas, pero fuera la noche había sido tan fría, polar, que tiritaba bastante. Contrajo, uno tras otro, los músculos de los muslos, las piernas, los pies, las manos y los brazos para restablecer la circulación sanguínea. Alumbró inmediatamente el hornillo, fundió nieve, añadió leche condensada y se la bebió con unas galletas. ¡Pobre Noëlle! Ella también había tenido que pasar una noche horrible. Sin duda, peor que la suya, ya que debía de pensar que estaba muerto. Había que esperar a que el viento se debilitara por la mañana y a que los aviones despegaran. Y mientras tanto, había que matar el tiempo. El piloto intentó recordar las distintas historias de *El gran silencio blanco*. Había una caza de focas con esquimales, un hombre que había encontrado los restos de un mamut, una larga noche polar. Al aviador le había gustado mucho el libro: aquellas aventuras eran extraordinarias y le hubiera gustado vivir una parecida. Al final de la mañana abrió dos latas de ternera y se bebió un buen trago de ron. La tarde transcurría lentamente, muy lentamente, un minuto tras otro, una hora tras otra. Pensaba en Noëlle, en los aterrizajes en España, en las noches en el Sáhara, en el viento en los montantes. ¿Se detendría algún día la tormenta? Ahora estaba claro que pasaría una segunda noche en el frío. Y que sería peor que la primera; desde hacía tiempo tiritaba

permanentemente. La leche y la ternera caliente ya no lo aliviaban. Sus brazos y sus piernas estaban completamente entumecidos. Ya ni siquiera los sentía. Como la noche anterior, intentó dormir, pero no fue más que una mezcla inextricable de cabezadas agitadas y sueños desvelados.

Hacia las dos de la mañana del domingo 15, algo lo sacó bruscamente de su torpor. El cerebro le decía: hay algo nuevo fuera. El aviador se concentró en el sentido del oído y, en efecto, algo había cambiado: ¡el silencio! Los montantes del Potez no bramaban, el viento se había callado. Lleno de esperanza, agrandó el agujerito que había perforado en la nieve como respiradero y miró. La luna iluminaba las montañas de los alrededores y el cielo negro estaba salpicado de miles de estrellas. ¡Las nubes habían desaparecido!

Un gran alivio lo inundó. ¡Estaba salvado! ¡En pocas horas, Deley despegaría y volaría al rescate!

Cuando amaneció, Guillaumet salió de su agujero helado y estiró sus miembros anquilosados. Apenas se había movido en cuarenta horas. ¡Tenía la sensación de salir de un huevo y de renacer! Pero no podía desperdiciar el tiempo: había que conectar la bengala de socorro al alternador y prepararse para encenderla en cuanto la ayuda sobrevolara el valle.

Con los ojos dirigidos al cielo, comenzaba una nueva espera, esta vez más ligera. En el cielo azulado, el sol casi lograba calentarlo. Efectivamente, los minutos pasaban sin que ningún avión se manifestara, pero era normal: Deley iba a explorar primero la ruta habitual, la Transandina, y eso le llevaría una hora o dos. Después sólo tendría que descender por el lado de la laguna del Diamante.

Todavía un poco más de paciencia.

El aviador buscó en la orilla del lago el mejor lugar para que el viejo Deley aterrizara. Había un código entre pilotos: cuando uno de ellos hacía un aterrizaje de emergencia, éste debía tumbarse en el suelo con los brazos en cruz para indicar a quien viniera a ayudarlo la dirección del viento y el terreno propicio para aterrizar.

Pero todavía no había ningún avión a la vista.

Guillaumet regresó a su agujero y preparó los sacos postales. En ese momento...

Rrrrrr...

Un ronroneo.

Alzó la cabeza. Sí, el reconocible ruido de un motor.

¡Deley estaba llegando!

Corrió a la cabina y miró de nuevo hacia el cielo.

El avión acababa de aparecer por detrás de las montañas, un Potez...

Conectó el acumulador, se oyó una detonación y después un humo blanco se desprendió de la bengala de socorro.

Pero, en el cielo, el avión prosiguió su camino.

Guillaumet corrió en su dirección agitando los brazos y gritando como un desesperado.

–¡Por aquí...! ¡Eh! ¡Por aquí! ¡¡¡Estoy aquí!!!

El avión, desgraciadamente, ya había desaparecido detrás de las montañas.

–Mierda... ¡Estoy aquí...! Por Dios, estoy aquí...

El silencio volvió a caer sobre el lago.

Guillaumet se desplomó de rodillas en la nieve cubriéndose la cara con las manos, temblando. De pronto, toda la fatiga acumulada en dos días cayó sobre él, más pesada que nunca. Estaba abatido.

¡Sin embargo, no debía bajar la guardia! Si el avión pasaba en un sentido, regresaría más tarde en el otro. Bastaba con esperar un poco. Sólo tenía que pensar en cómo hacer para que lo vieran desde arriba. Porque el lago estaba muy encajado en mitad de las montañas. Para franquearlas, Deley tenía que volar a dos mil metros por encima del valle. Y desde esa altura, un avión en tierra parece un punto minúsculo. Además, para colmo de mala suerte, sus alas eran blancas como la nieve; blanco sobre blanco, imposible de distinguir. Y el humo de socorro también era blanco...

La desesperación volvió a apoderarse de Guillaumet. Cuando Deley volviera a pasar por allí, no lo vería nunca. A menos que... Sí, quizá si prendía fuego al avión, con llamas y humo negro... Al piloto le daba pena imaginar en llamas su viejo compañero de viaje, pero si era preciso... No obstante, incluso eso parecía insuficiente. En realidad el lago estaba muy encajado: el ronroneo del avión de De-

ley no se oiría más que unos segundos antes de que pasara. Demasiado poco tiempo para que prendiera el fuego. Antes de que hubiera humo, la ayuda ya estaría lejos...

Guillaumet meneó la cabeza resoplando como un buey. Estaba perdido. Su única posibilidad de salvación se había ido volando. Aunque dejara pasar el tiempo hasta la noche en su agujero de rata, nadie vendría a buscarlo.

Pensó en Noëlle. No volvería a verla nunca.

Hasta entonces se había sentido como un prisionero esperando su liberación; pero ahora era un condenado a muerte esperando ser ejecutado.

¡Un condenado a muerte!

De niño, en Bouy, cuando llevaba un cerdo al carnicero, se preguntaba si los puercos, que son animales inteligentes, presentían lo que les esperaba, y si era así, por qué se dejaban llevar.

Hoy era él el condenado. ¿Qué iba a hacer? ¿Esperar estúpidamente que llegara el fin?

No, no se daría por vencido, tenía que intentar algo. Era un hombre y no se dejaría abatir sin reaccionar. Como no esperaba ninguna ayuda del exterior, saldría solo de su prisión. ¡Eso es lo que iba a hacer!

Un sentimiento rebelde le calentó el corazón. Se volvió hacia la cabina del avión y cogió el mapa de los Andes. La laguna del Diamante se encontraba en territorio argentino, a unos cincuenta kilómetros de la llanura. Cincuenta kilómetros en verano en los campos de Francia suponía

un largo día de viaje; en invierno en los Andes, sin tienda ni material de alpinismo, ni conocimiento alguno de alta montaña, era humanamente irrealizable.

Pero no se daría por vencido...

Pensó. En esa estación, los periodos de buen tiempo son cortos, duran un máximo de cuatro o cinco días en los Andes: disponía quizá de unos cuatro o cinco días para caminar lo más lejos posible. Después...

Regresó a su refugio y sacó los víveres. Para no sobrecargarse, cogió comida para cinco o seis días: media botella de ron, dos latas de leche condensada, galletas, dos latas de sardinas y de ternera. Lo apretujó todo en su maleta y metió también el hornillo y la linterna.

En el bolsillo de su chaqueta de cuero puso la brújula. Estaba listo para partir.

¡Ah, sí! Una última cosa: tenía que dejar un pequeño mensaje a Deley por si encontraba el avión y así indicarle la dirección hacia donde debía dirigir la búsqueda. Como no tenía lápiz, buscó un guijarro en el suelo y raspó el flanco de su avión: la pintura blanca ya se desconchó.

Pacientemente, con letras unidas y temblorosas por el frío, grabó el mensaje siguiente, su testamento final:

Al no ser visto por el avión, me he ido hacia el este, hacia Argentina. Adiós a todos. H. Guillaumet.

Releyó su mensaje y añadió una posdata:

Mi último recuerdo es para mi mujer, a quien mando un gran beso.

Volvió a leerlo. Le faltaba algo, unas palabras para explicar a sus camaradas y al mundo lo que había ocurrido.

Grabó: *Me vi obligado a aterrizar aquí por la tormenta de nieve después de haber descendido.*

Lo volvió a leer.

Esta vez estaba bien; todo estaba dicho.

Tiró el guijarro, cogió su mochila, comprobó que no olvidaba nada importante y, después de un último vistazo a su fiel Potez, comenzó el largo camino hacia su destino.

Capítulo cuatro

La marcha

El sol estaba alto en el cielo; es decir, lo más alto posible en esa época y en esa latitud; o lo que es lo mismo, demasiado bajo para que sus rayos calentaran realmente la atmósfera.

Afortunadamente, el cielo estaba azul: las escasas nubes, empujadas por el viento del oeste, nunca velaban al débil sol demasiado tiempo. Pero aquel viento, al barrer las cimas de las montañas, arrancaba de los ventisqueros la nieve más fresca. Los copos volaban en ráfagas, se deslizaban a lo largo de cuestas congeladas, rodaban por los barrancos rocosos hasta acabar a varios cientos de metros más abajo, en el fondo de los valles.

Allí, la nieve se acumulaba, espesa y blanda. Si un animal pasara por allí, sus huellas no serían visibles mucho tiempo. Pero ningún animal vivía en esa época en un lugar tan inhóspito. En verano, los guanacos pastaban en este paisaje de piedras desprendidas, de nieves eternas y de hierba corta. Sólo al llegar el otoño descienden hacia las zonas más acogedoras. La región se cubre entonces de un espeso manto de nieve y, a decenas de kilómetros a la redonda, se hace imposible percibir un solo ser vivo: ni llamas, ni águilas, ni árboles, ni hierba, ni siquiera una mosca.

Perdido en el corazón de aquellas montañas abruptas, en mitad de aquel inmenso desierto donde nada se movía aparte de los copos de nieve en el aire, una mancha marrón se desplazaba dificultosamente sobre el suelo blanco, minúscula hormiga en un país mineral, microbio extraviado en un planeta sin vida.

Guillaumet avanzaba.

Con el gorro de aviador en la cabeza, una bufanda al cuello, el traje de calle y el abrigo de cuero sobre los hombros, en los pies las zapatillas forradas por encima de los zapatos bajos y en las manos guantes, a paso lento avanzaba con su maleta.

Los primeros centenares de metros habían sido casi agradables. Tras interminables horas de inmovilidad en el iglú, la acción le había calentado los músculos. Además, como la laguna del Diamante se encontraba en una depresión barrida por los vientos, el terreno era llano y la nieve poco profunda. Todo eso le había facilitado la marcha.

Pero, desde hacía algún tiempo, las cosas se habían complicado. Para salir de la depresión, el piloto tenía que franquear un puerto encajado entre dos montañas. Ahora bien, la nieve se había acumulado en la fuerte pendiente que llevaba hasta allí. A cada paso, sus pies se hundían hasta la rodilla, algunas veces hasta la cadera. Tenía que hacer un enorme esfuerzo, apoyándose en el otro pie o en la maleta para salir. Un gasto de energía considerable para un pasito.

Para colmo, el frío era intenso: diez grados bajo cero, quizá veinte. Afortunadamente, la doble capa de su ropa le protegía un poco. ¡Pero qué pesada era, una auténtica escafandra de submarinista! Y una escafandra sin oxígeno: cuanto más escalaba Guillaumet hacia el puerto, más se rarificaba el aire y más le costaba respirar.

Para recuperar el aliento, se sentaba largos minutos en la maleta. Algunas veces, aprovechaba para comer galletas y beber leche caliente. Sacaba su hornillo, hacía un agujero en la nieve para protegerlo del viento, se quitaba los guantes y cogía la caja de cerillas. Pero sus manos estaban tan entumecidas que tenía que quemar varias antes de lograr encender el hornillo. ¡Qué derroche! Desesperado por este despilfarro, algunas veces acababa guardándolo todo y retomando el camino sin haber bebido nada.

Varias veces, después de un paso difícil, se daba la vuelta para darse ánimos. Las huellas en la nieve le mostraban el camino recorrido: ahí se había parado; ahí había resbalado y retrocedido cinco metros; ahí había caminado

de rodillas para tener más apoyo. A lo lejos, ahora sólo un punto en la orilla del lago, yacía su avión. Como quien no quiere la cosa, había recorrido un buen trecho.

Desgraciadamente, no era el único que había avanzado: en el cielo, el sol también había recorrido a su ritmo su propio camino. Descendía por el horizonte y, en poco tiempo, se pondría.

Pronto sería de noche.

¿Qué haría entonces? Agotado por el esfuerzo del día y por las dos noches de iglú, el aviador no deseaba más que una cosa: dormir. Pero desde el principio de la tarde, una frasecita le rondaba la cabeza, unas palabras leídas en el libro sobre Alaska. Si su memoria no lo engañaba, aparecía en el capítulo donde el héroe y su tiro de perros se extraviaban en un bosque. Durante una tormenta, perdieron las huellas de los otros trineos y avanzaron en círculos por el bosque. Aquello duraba horas, incluso días. El protagonista, a pesar de la enorme fatiga, se negó a parar. Decía algo así como: «Si paro, me duermo; si me duermo, estoy muerto».

Y Guillaumet, ¿si se paraba a dormir un poco lograría despertarse?

Cuando el sol desaparecía detrás de las montañas, sumiendo el valle en sombras, el piloto se aferraba a la frase: «Si me duermo, estoy muerto... Si me duermo, estoy muerto... Si me duermo...». No, no dormiría; se quedaría despierto todo el tiempo que pudiera.

Abrió la maleta, sacó la linterna y reanudó su lento ascenso hacia el puerto. Cuando la oscuridad se hizo demasiado profunda, encendió la linterna y la enganchó entre su gorro y sus gafas de piloto, como lo hacen los mineros de extracción. Pero la luz eléctrica era insuficiente para iluminar bien la cuesta. Al distinguir mal el terreno, se hundía profundamente en la nieve en polvo o, al contrario, se resbalaba en las placas heladas. Durante una hora tuvo la sensación de no avanzar nada.

Después, de repente, un resplandor blanco y frío, como venido del más allá, aclaró las montañas. Era una visión un poco irreal, todo en blanco y negro: las cuestas nevadas resurgieron, lechosas y brillantes; por la magia de las sombras, el relieve, las grietas y los precipicios reaparecieron, todo en distintos tonos de gris; y, en contraste con la palidez de la nieve, la roca desnuda de los barrancos parecía más negra que el carbón.

La luna se había alzado por encima de las crestas.

Guillaumet la acogió con alivio. A pesar de su mala suerte, era afortunado: se había estrellado en época de luna llena. Aquella noche sería clara, al igual que las noches siguientes, siempre que el cielo permaneciera despejado. Apagó la linterna y prosiguió su ascenso bajo el claro de luna.

La pendiente hacia el puerto se hacía cada vez más difícil y resbaladiza. Avanzaba veinte metros, pero de pronto su pie resbalaba, y retrocedía quince metros boca abajo; milagrosamente, la nieve blanda lo frenaba. Una vez,

resbaló trescientos metros, una caída interminable durante la cual se aferraba como un desesperado a la maleta. Si la perdía, sería el fin.

Tenía la impresión de ser una arañita por la noche en una bañera intentando escalar la pared de loza para salir, pero que se resbala y vuelve sin cesar a su lugar de partida, y a la que se descubre varios días después, todavía en el mismo sitio, muerta de cansancio.

Él también estaba exhausto. Ya no sentía las piernas y sus párpados se cerraban solos. Le habría gustado descansar sentado en la maleta, aunque fuera un instante, y dar así unas vacaciones a sus piernas, pero tenía mucho miedo de dormirse.

«Si me duermo, estoy muerto».

Sin embargo, en mitad de la noche, incapaz de ponerse de pie, se resignó a descansar. Excavó un agujerito en la nieve para meter la maleta, se sentó encima y fue como si sus piernas le dieran las gracias. Intentó mantener los ojos abiertos, pero era muy difícil, demasiado difícil... Se permitió cerrarlos unos segundos, luego los volvió a abrir. Se mordía el labio para no dormirse. Pero sus párpados caían, su mente vagaba, pensaba en Noëlle, en su calor... ¡Abre los ojos! El paisaje helado al claro de luna lo despertó un poco. Pero por poco tiempo: volvió a cerrar los ojos. Noëlle, el apartamento de Buenos Aires, su cama...

Los músculos se le relajaron; despacio pero de forma constante, irresistible, sentía que se estaba yendo.

Y se durmió.

–¡Aaah!

Un gran golpe escarchado lo despertó de un sobresalto. Al sentarse en la maleta, en un último momento de lucidez, había cuidado de colocarse en equilibrio inestable, ligeramente inclinado hacia delante. Se había dicho que si se dormía, caería de cabeza en la nieve en polvo y que así se despertaría. Y eso mismo acababa de ocurrir.

Se levantó, de un manotazo barrió los copos de su cara, agarró la maleta y reanudó su imposible ascenso nocturno.

Mientras sus piernas se lo permitían, prosiguió su camino en aquel universo helado, descansaba de vez en cuando y esperaba, cada vez, despertarse al caer en la nieve. Mientras sus piernas se lo permitían, proseguía su ascenso y, como la araña al fondo de la bañera, intentaba aguantar hasta el puerto y el alba.

* * *

Me gustaría mucho volver a ver esa fotografía.

¿Cuándo fue? Hacía mucho calor en Buenos Aires. Fue el verano pasado, pero no recuerdo por qué fuimos... Quizá se debiera a Saint-Ex. Sí, ya me acuerdo: a Saint-Ex le estaba costando acabar un capítulo de su novela y lo veía todo negro. Noëlle tuvo la idea de Luna Park para cambiarle las ideas.

Caminábamos entre los puestos de tiro y los tiovivos. Había niños por todas partes que corrían gritando. Yo iba de la mano de Noëlle y Saint-Ex caminaba a nuestro lado; me daba pena verlo tan solo.

En un momento dado, Noëlle empezó a dar saltos como una niña. Estábamos delante del «looping» y quería subirse. Era un aparato extraño montado en raíles que debía de dar sacudidas serias. Quería que la acompañáramos Saint-Ex y yo, pero a nosotros nos parecía demasiado brutal. Además, no veo el placer en pasar miedo. Al final, Noëlle montó sola. Saint-Ex y yo la miramos pasar, uno junto al otro, en silencio. Fue un momento hermoso. Estaba con mi amigo mientras miraba a Noëlle. Todavía no me lo podía creer: ¡me quería, ella me quería a mí!

Un poco más tarde, cuando hacía menos calor, Noëlle quiso guardar un recuerdo de aquel día. Un fotógrafo hacía fotos delante de un decorado. Representaba un avión pintado en una tabla de madera. Había que ponerse detrás de la tabla y la imagen daba la impresión de que los figurantes estaban en un avión. Como mucha gente admira los aviones pero muy pocos han montado en uno de verdad, había una muchedumbre para hacerse el retrato. Nosotros, para divertirnos, nos hicimos una también. En la foto, Saint-Ex está al mando del avión. Tiene una mueca rara, con la boquita de piñón. Yo estoy en medio y salgo sonriendo. Noëlle está en la parte de atrás.

Es una foto bonita, llena de alegría.

Noëlle la guarda como un tesoro entre sus cosas. Me gustaría volver a verla.

* * *

Por la mañana, después de que las estrellas se hubieran apagado por el este y que las cimas de las montañas se hubieran teñido de rosa por el oeste, el sol se alzó sobre un mundo blanco y sin vida, donde nada se movía.

Incluso la pequeña mancha marrón que la noche anterior no había dejado de moverse, se había detenido.

Acurrucado sobre la maleta, Henri Guillaumet estaba inmóvil con los ojos cerrados. Estaba descansando, dejando que el sol calentara su rostro lastimado, con una taza de leche humeante entre las manos.

Había sobrevivido.

Todavía mejor: durante la noche, había logrado alcanzar el puerto inaccesible y ya había comenzado el descenso de un valle nevado en dirección a la llanura argentina. El sentimiento de estar en buen camino, las galletas y la suavidad del sol: se sentía casi tranquilo.

Cuando terminó su frugal almuerzo, se puso en marcha con buen ánimo.

Avanzó por el valle, descubriéndolo por fin bajo la luz del día. La depresión hacía zigzag al pie de las montañas escarpadas. La siguió durante cerca de dos horas antes de darse cuenta, inquieto, de que se bifurcaba hacia el norte

y que la pendiente cambiaba de inclinación: volvía a ascender. ¿Adónde llevaba? ¿Llegaría a la llanura argentina por allí? Era de noche cuando tomó ese camino, y ya no sabía dónde se encontraba en el mapa. Aun así, prosiguió un poco hasta descubrir, horrorizado, que una montaña infranqueable obstruía el valle. Un callejón sin salida.

Como cuando Deley lo había sobrevolado sin verle, sintió que toda la fatiga que tenía acumulada caía sobre él. Desde el accidente, se había escondido del sufrimiento tras una espesa capa de optimismo inoxidable. Pero ahora, en aquel callejón sin salida, los dolores afloraban bruscamente. Los copos de nieve, al azotarle la cara, le producían la sensación de pinchazos de alfiler. Su mano izquierda, de tanto llevar la maleta por el asa, había tomado la forma de un gancho. Estirarla era un sufrimiento atroz. Sus piernas, a las que se pegaban los pantalones mojados, tiritaban como si fueran a dislocarse. Y ya no sentía los pies congelados.

Lo que le hubiera gustado era tumbarse en el suelo y dormirse, abandonar este mundo en el que no hay más que sufrimiento. Pero ni siquiera esta muerte habría sido agradable: se conocía bien y sabía que, en el momento de expirar, tendría remordimientos por no haberlo intentado todo, absolutamente todo. Y no quería una muerte amarga.

Tenía que continuar.

Dio media vuelta y recorrió en sentido inverso el escarpado y zigzagueante valle. A medio día, descubrió otro: la noche anterior debió de pasar por delante sin verlo. Parecía dirigirse hacia el este. ¿Sería el buen camino para llegar a la llanura? En cualquier caso, tan cansado como estaba, no tenía otra opción: era o ese camino o nada.

Pasó la tarde descendiendo trabajosamente por el segundo valle. De vez en cuando, se paraba para descansar sobre la maleta, bebía un trago de ron o descongelaba un poco de ternera en el hornillo. Después, reuniendo sus últimas fuerzas, se ponía de nuevo en marcha.

Al final del día, cuando el sol se ocultaba tras las montañas, su mano izquierda se crispó dolorosamente sobre el asa de la maleta. Sentía cómo tiraban las grietas de su cara y sus piernas flaqueaban. Delante de él, al final del valle, había aparecido una inmensa montaña que taponaba el horizonte. No, no una montaña: una vertiginosa pared rocosa que debía de alzarse más de dos mil metros.

Al llegar al pie del muro, lo observó a la luz de los últimos rayos de sol: nunca sería capaz de superar semejante obstáculo. Para ello, haría falta ser un alpinista curtido con todos los medios necesarios, con ropa caliente y zapatos adecuados, cuerdas y piolet para efectuar un ascenso durante el día. Él no era más que un piloto exhausto, con la ropa mojada y zapatillas forradas, y la noche estaba cayendo.

Esta vez no había duda de que había llegado el fin.

Se sentó en la maleta, anonadado.

Lo había intentado todo, pero había fracasado: nunca saldría de su prisión de hielo. Iba a morir allí.

Volvió a pensar en las palabras que grabó con una piedra en el avión: «Mi último recuerdo es para mi mujer, a quien mando un gran beso». Sí, sus últimos pensamientos se dirigían naturalmente a Noëlle, la mujer de su vida. Había tardado en conocerla pero, tras un flechazo mutuo, había colmado su vida. Los aviones lo habían acompañado en el cielo y Noëlle en la tierra. ¡Sus dos grandes amores! Había tenido una vida tan bella...

Se quitó los guantes, sacó la cartera del interior de su chaqueta y con los dedos hinchados por el frío agarró torpemente dos pequeñas fotos. Durante unos minutos las admiró a la luz del crepúsculo. Noëlle poseía una belleza increíble. ¿Qué iba a ser de ella? Viuda a los veintisiete años... ¡La pobre se merecía algo más que un piloto! Afortunadamente, no iba a dejarla en la necesidad. Se había encargado de suscribir un seguro de vida según el cual, en caso de fallecimiento, Noëlle recibiría una suma importante. Ésto le permitiría seguir viviendo.

Se sintió aliviado, en paz consigo mismo.

Cerró los ojos pero, cuando empezó a hundirse en un delicioso sueño, se levantó bruscamente de la maleta.

«En caso de fallecimiento...».

Este pedacito de frase le volvió a la cabeza. En el contrato del seguro estaba escrito que el dinero se entregaría «en caso de fallecimiento». Pero para que haya fallecimiento tiene que haber un cadáver; si no, se trata de una desaparición. Y en caso de desaparición, está estipulado que hay que esperar cuatro años antes de que se considere muerto al desaparecido. ¡Cuatro años sin recibir el dinero!

Guillaumet encendió la linterna y miró a su alrededor. Si moría allí, al pie del acantilado, su cuerpo sería sepultado por la nieve. Nadie lo encontraría nunca.

Antes de morir, tenía que hacerle un último regalo a Noëlle.

Hacía poco tiempo, al examinar el barranco, había distinguido un espolón rocoso a menos de cien metros de altura. Si lograba escalar hasta él, podría colocarse allí y su cadáver sería mucho más fácil de encontrar.

Eso es lo que debía hacer.

Guardó las fotos, bebió un trago de ron, se volvió a poner los guantes y, apoyándose en las rodillas, se volvió a levantar trabajosamente.

Al claro de luna comenzó una difícil ascensión, la última. Colocar un pie tembloroso en esa roca que aflora bajo la nieve; agarrar con la mano derecha aquella piedra plana con cuidado de que no se caiga; utilizar la mano izquierda para sujetarse aquí; subir hasta el peñasco plano; recuperar la maleta y buscar el próximo agarre.

Un metro tras otro, Guillaumet escaló la pared. Después de tres cuartos de hora de esfuerzos sobrehumanos, alcanzó el espolón rocoso que había visto desde abajo y se sentó en la maleta: ahora podía morir en paz... Sin embargo, cincuenta metros más arriba, divisó otro espolón desde donde su cadáver sería todavía más fácil de encontrar. Con las pocas fuerzas que le quedaban, tenía que subir hasta allí; tenía que hacerlo por Noëlle.

Llegó al segundo espolón media hora después. Allí descansó, comió sardinas, bebió leche caliente y se dijo que, casi sin darse cuenta, había empezado a escalar el muro rocoso. ¿Por qué detenerse estando tan bien encaminado?

Decidió proseguir su ascenso nocturno. Avanzaría todo lo que le fuera posible. Y si en un momento u otro sentía que no podía continuar se pararía allí mismo, aliviado y sin remordimiento.

* * *

Me alegro de volver a verte, Maurice.

Está bien que no hayamos perdido el contacto, a pesar de los años y la distancia.

Todavía me acuerdo de nuestras excursiones para ir a pescar truchas en el Vesle. Yo era mejor que tú pescándolas con las manos desde una roca. ¡Pero tú, en clase del profesor Gentil, eras el campeón de cálculo y conjugación! Me acuerdo también de los jueves por la mañana, cuando tu padre te pedía que entregaras el pan al hangar Farman. Yo te acompañaba, pequeño Maurice, y aprovechaba para mirar a los trabajadores y los aeroplanos. Era realmen-

te genial. Creo que fue entonces cuando nació mi vocación por los aviones.

Después de la guerra, perdimos un poco el contacto. Tú fuiste a Reims a estudiar en el instituto y yo me quedé en Bouy para ocuparme de los cerdos.

La última vez que volví a Francia me dije a mí mismo que era demasiado estúpido, que teníamos que volver a vernos. Fui a ver a tu padre a la panadería y le pregunté dónde podría buscarte.

Después, cuando tenía que pasar por Marruecos con el avión, me detuve en Mogador. Resultaba raro volver a vernos tan lejos del pueblo. Al calor de una noche marroquí, en torno a un té con hierbabuena, hablamos de los viejos tiempos. Me hablaste de tu trabajo de profesor en la Escuela Europea de Mogador. Estoy orgulloso de que hayas tenido tanto éxito: profesor es un buen trabajo. Además, me preguntaste si estaría dispuesto, durante una estancia futura más larga, a hablar con tus alumnos de aviones. Te prometí que sí.

Pues resulta, Maurice, que no sé si tendré la fuerza suficiente para cumplir mi promesa...

* * *

El sol estaba a punto de alzarse en un cielo sin nubes.

Poco antes del alba, Guillaumet había llegado a la cumbre del muro rocoso. Sentado en la maleta y con la mirada vacía, saciaba su sed chupando nieve. Había superado el obstáculo y vencido a la noche, pero no tenía fuerzas ni para alegrarse.

Nunca había sentido su fin tan cerca.

Un signo de que no se equivocaba era que había empezado a perder sus cosas. La noche anterior, cuando estaba agarrado al muro vertical con los pies plantados en la nieve, se había quitado un guante para coger el abrelatas de la maleta, que pensaba usar como piolet. Pero una ráfaga de viento se había llevado el guante y no lo pudo encontrar.

Desde entonces, el frío intenso le arañaba la mano desnuda.

Además, tuvo que abandonar sus zapatillas forradas: durante su ascenso, las afiladas rocas las habían lacerado. Se llenaban de agua y se habían vuelto terriblemente pesadas y frías.

Después de eso, lo único que le protegía los pies eran los zapatos bajos que se congelaban de forma periódica. Y se congelaban literalmente, como el agua se congela y se transforma en hielo. Entonces el aviador tenía que sentarse en la maleta, quitarse los zapatos, friccionarse los dedos de los pies con una camisa seca y después volver a calentarlos con la bufanda que llevaba al cuello.

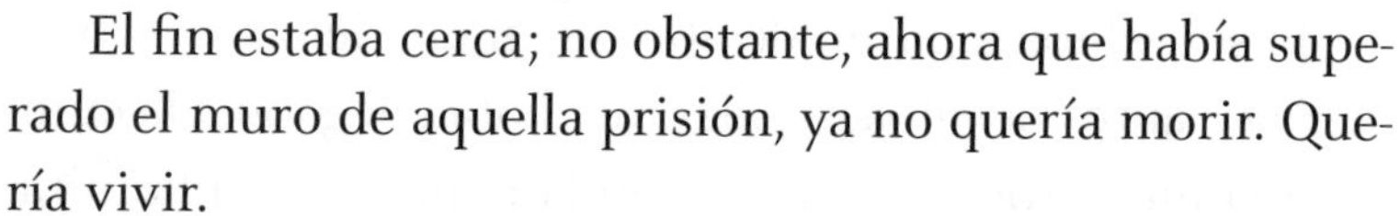

El fin estaba cerca; no obstante, ahora que había superado el muro de aquella prisión, ya no quería morir. Quería vivir.

Además, delante de él descendía un torrente hasta el fondo de un valle. Y todos los torrentes se dirigen a la llanura, ¿verdad? Era el camino que tenía que seguir.

Como el río avanzaba entre dos montañas escarpadas, con los bordes cubiertos de sedimento y nieve, empezó a saltar de una roca a la otra. Algunas veces se hundía profundamente en la nieve; otras veces se le atascaba un pie entre dos cantos; en algunas ocasiones se resbalaba. Seguir así era demasiado peligroso: a cada paso que daba, corría el riesgo de romperse los huesos. Decidió entonces avanzar directamente por el arroyo, saltando por las piedras que emergían. Pero no tardó en caerse en el agua helada. Pues nada, caminaría directamente por el lecho del río con el agua hasta las rodillas.

En conjunto, aquel día recorrió menos de tres kilómetros. ¡Una jornada catastrófica! Era, de lejos, la peor de todas.

Además, seguía deslastrándose de sus cosas. Por la tarde, tuvo que tirar su chaqueta de cuero, empapada y demasiado pesada. Lo mismo pasó con el hornillo, cuyos bloques de alcohol se habían fundido en el agua del arroyo. Y es que la maleta se le había caído varias veces en el río. Todo lo que había dentro se había estropeado: el hornillo ahora era inútil, las galletas se habían mojado con alcohol, la ropa de recambio estaba empapada...

Estaba condenado a quedarse mojado y congelado.

El fin estaba realmente cerca.

No obstante, durante toda la noche, con la energía de la desesperación, prosiguió su vía crucis. Para no seguir andando por el agua, subió a la orilla del río, menos escarpada por la zona donde llegó. A la luz de la luna, avanzó por sedimentos rocosos intentando no resbalar, descansando de vez en cuando sobre la maleta. Le daba tragos al ron para que le diera el latigazo que necesitaba para reanudar la marcha.

A primera hora de la mañana, cuando el cielo se aclaraba por el este, Guillaumet pensó que de nuevo había vencido a la noche. Pero en ese momento, tras un segundo de distracción, su pie izquierdo se resbaló en una piedra helada: un resbalón ínfimo que apenas lo desequilibró. Pero al intentar recuperarse, sus piernas, paralizadas por la fatiga, no respondieron lo bastante rápido. Perdió el equilibrio, cayó sobre las rocas y rodó varios metros. Para su desgracia, estaba al borde de un precipicio. Se resbaló por la nieve, intentó levantarse, cayó al vacío, chocó con un ventisquero, rodó como una bola, sufrió una segunda caída más larga que la primera y se estrelló contra una roca más abajo.

El piloto estaba tendido sobre el costado derecho, retorciéndose de dolor. Seguía consciente pero la violencia del golpe lo había dejado sin aire. Respirar... respirar un poco de aire a pesar del sufrimiento insoportable... para seguir vivo...

Pero ¿realmente valía la pena?

Sin siquiera mover la mano izquierda, sintió que estaba vacía. Al caer, había soltado la maleta, que se habría caído al fondo del barranco. Ya no tenía ni comida, ni linterna eléctrica, ni maleta para sentarse, ni ropa; ya no tenía nada.

¿De qué serviría respirar y levantarse?

De todos modos, no sería capaz. Había hecho todo lo posible pero no era suficiente: nunca llegaría hasta la civilización. Sería mejor cerrar los ojos y dormirse de una vez por todas... Deley lo descubriría sobre la peña y Noëlle recibiría el seguro de vida. Eso era lo importante. Además, el día anterior había visto un Potez sobrevolando la región. En ese instante no reaccionó: no habría servido de nada. Pero significaba que la búsqueda proseguía y que encontrarían su cadáver. No, en realidad significaba que sus camaradas le creían vivo; si no, habrían detenido la búsqueda. Los compañeros tenían esperanza, y Noëlle también, sin duda.

¿Y entonces qué? ¿Él, en su roca, pensaba en morirse? ¿Los demás tenían fe en él, y él quería abandonar? ¡Qué cobarde resultaría! ¡Sería un canalla si no se ponía inmediatamente en marcha! Sería indigno de su confianza y de su amor...

Espoleado por estos pensamientos, el aviador recuperó el aliento y se giró poco a poco sobre el costado. Como no tenía fuerza suficiente para levantarse de golpe, se puso a cuatro patas. Pero este pequeño esfuerzo fue para él tan grande que un velo negro le cubrió los ojos. No se movió

más y respiró pausadamente para evitar un desmayo y la muerte.

Después de varios largos minutos arrodillado, logró levantarse. Echó un vistazo a la parte baja del valle. Se ensanchaba. A lo lejos, entre las altas montañas, el sol se había levantado, todavía muy rojo. Justo debajo, llana e infinita como el mar, se extendía una llanura hasta perderse de vista: la llanura argentina tan esperada.

* * *

–Vaya, Mermoz, ¿qué haces aquí? ¿No deberías estar en Río de Janeiro?

–Sí, pero como ves, he venido a tu encuentro.

–¿Entonces fuiste tú el del Potez de ayer? ¡Así que al fin me viste!

–Pues claro, de lo contrario no estaría aquí, ¿no crees?

–¿Y has logrado aterrizar cerca? Porque, como ves, no podré andar bien mucho tiempo...

–Lo tengo por allí, detrás de esa montaña. Además, no estoy solo. Saint-Ex y Noëlle están conmigo. Ella te ha traído algo de comer. ¡Lo que más te gusta!

–Oh, qué amables, acabo de perder los víveres y me muero de hambre.

–¡Sabía que te gustaría, querido Guillaumet! Va a estar muy bien: vamos a hacer un picnic en la nieve. Tus hermanos van a traer una botella del mejor vino.

–¿René y André están aquí?

–Por supuesto. Han venido de Francia para verte. Además, amigo, tenemos una sorpresita para ti...

–¿Una sorpresa?

–Tenía que ser un secreto, pero no me resisto a la tentación de decírtelo: tu madre también ha venido.

–¿Mi madre? Pero vamos a ver, Jean, eso es imposible. ¡Mi madre murió cuando yo tenía dos años!

–Sí, es posible. Tu madre sigue viva porque tú piensas en ella algunas veces. Vive en tu cabeza. Saint-Ex, Noëlle, el pequeño Maurice y tus hermanos están también ahí, ya que piensas en ellos y ellos te ayudan a caminar.

–¿Quieres decir que no están de verdad? Pero tú, Jean, tú y tu avión, vosotros sí sois reales, ¿verdad?

–Sigue caminando hasta la montaña y lo verás...

* * *

Una espantosa sensación invadió a Guillaumet.

Después de perder todas sus cosas, estaba perdiendo la única cosa que le quedaba: su propio cuerpo.

Sus pies estaban terriblemente hinchados y heridos por el frío. Para poder seguir llevando los zapatos, tuvo que rajarlos con el abrelatas. Pero sangraba tanto que a cada paso aparecía una marca rosa en la nieve. Su cuerpo se vaciaba gota a gota.

Su cerebro se vaciaba también. Confuso por la fatiga, perdía el hilo de sus pensamientos. Por ejemplo, había intentado en vano saber qué día era. Recordaba que el despegue fue un viernes. Pero ¿y después? ¿Cuántos días y noches habían pasado? Era imposible de decir. No era capaz ni de poner en orden los días de la semana.

Perdía la cabeza. Y lo peor de todo es que se daba cuenta perfectamente de ello.

Más temprano, justo antes de que se alzara el sol, había oído el sonido de las campanas de un pueblo. Había gritado, aullado, pedido ayuda, pero sólo regresaba el eco de su voz. No había pueblos en aquellas montañas, no había campanas. Su cerebro desfallecido las había inventado.

Durante todo el día se obligaba a no pensar en nadie mientras caminaba. Sus ideas estaban tan blandas, se deformaban tanto que los personajes cobraban vida, lo acompañaban un trecho del camino y luego lo abandonaban sin avisar. El regreso a la soledad era insoportable. Para evitarlo, se concentraba en películas que había visto o en las piezas del motor de un avión.

Lo único positivo de aquel cuerpo que llevaba a la deriva era que ya no sentía dolor. Las heridas estaban siempre ahí, pero se habían callado. Era como si hubiera atravesado el muro del sufrimiento. Como si lo peor hubiera quedado atrás y en el mundo en el que había entrado ya no hubiera ni dolor, ni hambre ni sueño. ¿Estaba ya un poco muerto?

Sabía que pronto su corazón agotado dejaría de latir y moriría del todo. En varias ocasiones lo había sentido detenerse, dudar un instante. Se había parado a escucharlo, igual que hacía cuando estaba suspendido en el aire y escuchaba el ronroneo de su motor. Pero su corazón volvía a ponerse en marcha.

Cuando la noche cayó en la llanura, percibió a lo lejos los faros de un coche. ¿Otra alucinación?

Caminó toda la noche al claro de luna. Sentía que aquélla sería su última noche: a la velocidad a la que su cuerpo se desangraba, no tendría otra noche. Lo único que quería era aguantar hasta el alba. Ver el sol alzarse por última vez. Era el momento del día que más le gustaba.

Por ahora, su corazón estaba bien.

Cuando por fin el cielo se aclaraba por el este, vio las estrellas apagarse una a una y el horizonte iluminarse. En poco tiempo, el disco rojizo se alzó por encima de la llanura argentina. Había pensado que esa visión lo llenaría de alegría, pero no sintió nada: el vacío.

Alrededor de él, el paisaje había cambiado: a medida que descendía hacia la llanura, la nieve era más escasa. Por todas partes afloraban rocas y pequeñas praderas. Un águila voló un rato sobre él; era el primer signo de vida desde que salió de Santiago.

Se acercaba al mundo de los vivos pero no lograba alegrarse. Como si su cuerpo se hubiera vaciado de todo, incluso de los sentimientos más elementales.

Por la mañana, recorrió un sendero que seguía el curso del río. Había huellas de mulo. Los excrementos frescos indicaban que el animal había pasado el día anterior.

Guillaumet avanzaba por el sendero sin desear nada. No esperaba nada aparte del momento fatídico en el que su corazón dejaría de latir.

Con la boca abotargada y seca, se acuclilló dificultosamente junto al riachuelo y bebió varios tragos de agua. Arrancó una mata de hierba y se puso a masticarla.

Al alzar la cabeza, vio en la rivera opuesta, a unos diez metros de distancia, un rebaño de cabras. Un mulo. Una mujer y un niño.

Quiso gritar, pero no logró emitir más que un gruñido ahogado en incorrecto español:

–Aviador... Yo soy el aviador perdido...

La mujer y el niño se giraron y vieron el cuerpo tumefacto a cuatro patas, aquel cadáver viviente que mascaba hierba, aquel animal que chapurreaba en español.

Presa del pánico, el niño saltó sobre la mula y huyó al galope. La mujer, también aterrada, lo siguió corriendo.

Guillaumet quiso repetir: «Yo soy el aviador... muchos pesos... mucho... dinero...», pero no salió de su garganta ningún sonido, ningún hilo de aire. Ya no le quedaba ningún aliento de vida. Había llegado hasta sus hermanos humanos, pero aquella huída acababa de quitarle sus últimos recursos. No tenía fuerza para correr tras ellos, ni tampoco para levantarse: ni siquiera para seguir viviendo.

Sin remordimientos ni resentimiento, cerró los ojos y se dejó caer al suelo.

* * *

Amor mío... amigos míos... lo he intentado... he hecho todo lo que he podido, todo lo que un hombre puede hacer para estar a la altura de vuestro amor... pero no puedo más... nadie podría... casi lo consigo, pero no ha sido suficiente... Perdonadme... Perdóname, amor mío... Pienso en ti y te quiero... y te espero... Ahí arriba, en lo más alto, te espero...

Desenlace

Era la hora punta en el restaurante.

Los camareros pasaban de una mesa a la otra, distribuyendo menús, tomando nota, corriendo a la cocina a buscar los platos, llevándose los platos vacíos, entregando la cuenta.

La cocina era familiar y copiosa, y la hora de la comida era una fiesta para los sentidos. El vapor de los platos, el choque de los cubiertos y el guirigay de las conversaciones flotaban en el aire. En un rincón, una vieja estufa de madera irradiaba un calor agradable.

Entre los clientes habituales que comían antes de volver al trabajo había un hombre sentado solo. Era grande, con el pelo poco poblado y los ojos rodeados por grandes ojeras negras. Estaba encorvado sobre el plato. Su comida se había enfriado: llevaba media hora sin apenas tocarla.

Parecía ausente.

Agotado por los días de vana búsqueda, Antoine de Saint-Exupéry pensaba en el clima, que había empeorado, en el abandono de la búsqueda, en su regreso a Buenos Aires, en la difícil visita que tenía que hacer a Noëlle, en la muerte de Guillaumet.

Cuando un camarero se le acercó para preguntarle si tenía algún problema con el plato –¿demasiada sal? ¿Demasiado frío?– un hombre entró apresuradamente en el restaurante. Peinó la sala con la mirada en busca de alguien y vio a Saint-Exupéry.

–¡Guillaumet está vivo! –gritó en español.

En ese instante, el guirigay se interrumpió. Desde hacía días, todos los periódicos hablaban de la desaparición del piloto francés y todos se preguntaban qué le habría pasado. Tras unos segundos de silencio incrédulo, las conversaciones recomenzaron más joviales que antes; se sentía la presencia de Guillaumet en todas las mesas.

Saint-Exupéry, dubitativo, miraba al hombre que avanzaba decidido hacia él. Era un empleado del aeropuerto de Mendoza.

–¡Guillaumet está vivo! –repitió–. Me envían para buscarle...

El piloto frunció el ceño. No se atrevía a creerlo. ¿Cómo habría podido sobrevivir Guillaumet siete días en las montañas? Y sobre todo, desconfiaba: ¿cuántas veces, a lo largo de su carrera, había oído noticias falsas sobre un pi-

loto desaparecido? Cuando un hombre desaparece en la naturaleza, la prensa se entromete y la gente se apasiona por el tema, todos tienen ganas de seguirle la pista. Hay riesgo de que se inventen indicios, algunas veces de buena fe.

–¿Dónde está? –preguntó con una serena sencillez Saint-Exupéry.

* * *

Aquel viernes 20 de junio de 1930, a la misma hora, un joven uniformado subía de cuatro en cuatro las escaleras de un inmueble en un suburbio de Buenos Aires. Al llegar al tercer piso, miró el nombre de la puerta, el mismo que el del telegrama: Guillaumet.

Todavía sin aliento, llamó y se sorprendió al ver que la puerta se abrió casi de inmediato. Una mujer joven y pálida apareció.

–¿Señora Guillaumet? Un telegrama para usted.

La mujer al principio pareció decepcionada. Parecía esperar a otra persona, pero se repuso inmediatamente y cogió el telegrama.

–Gracias.

Cerró la puerta; estaba sola en el pequeño apartamento con el trozo de papel. Presintió que contenía noticias de Henri. ¿Pero cuáles? Paralizada por el miedo, no se atrevió a abrirlo. En esa delgada hoja de papel estaba su

porvenir: la vida de una esposa o la vida de una viuda. Estaba en una encrucijada de su existencia y ese telegrama iba a indicarle el camino que el destino había elegido para ella.

Con las manos temblorosas, abrió el mensaje despacio y lo leyó:

Estoy bien. Vuelvo a casa. Firmado: Henri Guillaumet.

Pensó que el corazón le iba a explotar. Releyó el mensaje para estar segura de no haberse equivocado. ¡Sí, había escrito que iba a volver! Pero ¿no sería un telegrama viejo que había tardado mucho tiempo en llegar? No, la fecha era del día, y el lugar, San Carlos, una villa cerca de la cordillera. Se correspondía. Además, aunque el mensaje estuviera escrito a máquina, era el estilo de Henri: seco, sin una palabra de más.

¡Henri estaba vivo!

Noëlle Guillaumet quiso releer el mensaje otra vez pero no lo consiguió. Llevaba una semana aguantando. Había luchado con todas sus fuerzas contra el abatimiento, contra la desesperación, contra la angustia, para ser digna de su marido. Pero ahora que sabía que se había salvado, la tensión nerviosa que la mantenía en pie le hizo fallar. Se iba a desmoronar. Las lágrimas que había retenido con valentía desde hacía una semana le nublaban los ojos. Se sentó en una silla y lloró, lloró, lloró...

Eran lágrimas de felicidad: ¡Henri estaba vivo!

* * *

El motor del Latécoère ronroneaba.

Saint-Exupéry volaba a poca altitud. Puesto que había despegado sin preocuparse por coger un mapa de la región, seguía el camino de tierra rectilíneo que lleva a San Carlos, a unos cien kilómetros al sur de Mendoza. Lefebvre, el jefe de los mecánicos, y Abry, el mecánico, ocupaban el asiento trasero de la cabina del avión.

No tardarían en volver a ver a su querido camarada Guillaumet.

Porque esta vez la información era fiable. El comisario de policía de San Carlos la había confirmado: el día anterior, por la mañana, una pastora y su hijo descubrieron a Henri agonizando y, tras un momento de inquietud, lo recogieron. Esa misma mañana, lo acompañaron a caballo a la comisaría de San Carlos.

Cuando se acercaban a la villa, Saint-Exupéry distinguió una extraña procesión de jinetes y automóviles avanzando lentamente por el camino de tierra. Tuvo un rápido presentimiento: ¡Guillaumet estaba allí! Dio media vuelta y, evitando una fila de álamos, aterrizó en un prado cercano.

El piloto y los dos mecánicos saltaron del avión y corrieron hacia el cortejo. Un hombre salió de uno de los coches. Era grande pero estaba encorvado como un anciano. Llevaba un gorro de aviador en la cabeza, una bufanda larga alrededor del cuello y un traje de calle oscuro que le quedaba muy grande. Su cara quemada parecía una fruta

pasada y golpeada. En medio, sus ojos apagados no expresaban nada más que cansancio y hastío.

Saint-Exupéry lo alcanzó y lo abrazó con fuerza, lo besó y lo estrechó entre sus brazos. Y los dos hombres, que en muchas otras ocasiones habían rozado la muerte y se habían enfrentado al fin de muchos camaradas, aquellos dos hombres endurecidos, se deshicieron en lágrimas, gimiendo como niños.

Cuando Guillaumet por fin volvió en sí, lo primero que articuló fue esta frase misteriosa:

–Te prometo que ninguna bestia habría hecho lo que yo...

–Ya me contarás más tarde, Henri, estás demasiado cansado. Te voy a llevar a casa...

* * *

Noëlle Guillaumet velaba junto a su marido desde el alba y ya era casi medianoche.

Para atenuar la luz, había puesto un pañuelo sobre la lámpara de mesa.

Miraba aquel cuerpo que conocía de memoria pero que apenas reconocía. Henri había perdido quince kilos y su rostro tumefacto se había ennegrecido. Las manos y los pies, cubiertos de sabañones, colgaban como pesos muertos. Había instalado un cerco sobre la cama para sostener las sábanas y evitar cualquier contacto. Pero algunas ve-

ces, al darse la vuelta, Henri chocaba con el tejido y aullaba de dolor.

Noëlle escuchaba la respiración de su marido, una respiración que se tranquilizaba. Ella misma retenía el aliento para ayudarlo a dormir. Desde su regreso, tres días antes, Henri no había conseguido dormir prácticamente nada. En cuanto se adormecía, una multitud de recuerdos se apretaban en su cabeza: estaba agarrado a un acantilado, se resbalaba en una placa de hielo o rodaba en el vacío. Se despertaba sobresaltado, gritaba y se agarraba desesperadamente a las sábanas. Noëlle le ofrecía una taza de tisana azucarada y él le contaba su pesadilla, como para librarse del mal sueño.

Ahora que podía dormir, no lo lograba.

Pero parecía que por fin se estaba quedando dormido.

En la mesilla de noche, junto a la cama, los periódicos argentinos se acumulaban. Todos relataban la extraordinaria epopeya de Henri: el accidente, los dos días en el refugio, los cuatro días y cuatro noches caminando en el frío y sin dormir. Resultaba tan increíble... ¿Cómo un hombre había sido capaz de sobrevivir a un esfuerzo así? Debía de tener un carácter fuerte, una voluntad y un coraje prodigiosos, cualidades que sin duda ningún animal y muy pocos humanos poseen hasta tal grado. Los periodistas mostraban a Henri como un héroe e incluso lo habían apodado «El Ángel de la cordillera».

Pero a él le daban igual aquellos honores.

Lo que le había emocionado fueron el telegrama sobrio de Daurat y los mensajes de sus camaradas. Junto a los periódicos, una carta de Mermoz que había llegado el mismo día de Río de Janeiro decía:

Querido Guillaumet:

Ya está... ¡¡Estaba seguro de que volverías!! Pero qué emoción me has dado... Había empezado a dudar un poco... la cordillera... el invierno... la nieve... En verano, ¡oh!, no me habría preocupado... sé que a ti los desafíos no te asustan...

Esta noche respiro... está bien revivir un poco contigo, hombre... a fin de cuentas, no era posible que las cosas salieran de otra forma.

Pero a pesar de todo, tus amigos... nuestra inquietud era inmensa... la señora Guillaumet ha tenido que sufrir infinitamente... afortunadamente la alegría de tu regreso compensará todas las angustias. Y ahora sé prudente... se lo debes a ella... un poco... y también a los que tanto te quieren.

Nuestro estupendo equipo tiene que sobrevivir: tú, Étienne, Reine, Saint-Ex y yo... nuestra amistad fraternal tiene que unirnos mucho tiempo... Sé prudente... Y déjate abrazar fraternalmente desde lejos ya que no he tenido la suerte de estar ahí a tu regreso. Dale recuerdos afectuosos a la señora Guillaumet.

Mermoz

Bajo la luz tamizada de la lámpara, Noëlle Guillaumet miraba a su marido. Ella también tenía ganas de abrazarlo, de besarlo. Estaba a la vez tan cercano y tan distante, dormido en su cama. Lo único que podía hacer era cubrirlo de amor como si fuera un bálsamo.

Observaba los rasgos de su cara, tan castigados y al mismo tiempo tan finos. Parecía relajarse un poco; Henri estaba mejor. Noëlle sintió un gran alivio. Pero en ese momento, otro sentimiento se mezcló con su alegría: una sensación sorda y desagradable que ya conocía y que, como ella sabía, crecería en los días venideros.

Se inclinó un poco y le murmuró a su marido al oído:

–Tuve miedo, Henri, tanto miedo de perderte, a pesar de que siempre mantuve la esperanza... Como ha escrito Jean, la alegría de tu regreso compensa toda mi angustia... un poco... tan poco... porque, desde ahora, creo que siempre tendré miedo... cuando despegues, si te retrasas te imaginaré estrellado en las montañas, caminando por la nieve, cayendo por precipicios, muriendo de frío y hambre... tengo tanto miedo de perderte... quisiera abrazarte con todas mis fuerzas para que no puedas irte más... Esta tarde, mientras intentabas dormir, cuando te enfrentabas a una tormenta de nieve imaginaria, tuve un mal pensamiento... me dije que, quizá, tú también tengas miedo en el futuro... no sería la primera vez que un piloto pierde confianza en sí mismo después de un accidente... pierde el deseo de volar... espero esto mismo,

que no quieras volver a volar... y no me enorgullezco de ello... tú eres un piloto y tienes que volar... y yo, no soy más que la mujer de un piloto y te tengo que apoyar en silencio...

Noëlle Guillaumet se calló. Por primera vez en mucho tiempo, Henri dormía profundamente. Ella lo besó en la frente, se acostó a su lado y apagó la luz.

Aquella noche fue ella la que no pudo dormir.

* * *

Cuando sonó el despertador el martes 8 de julio de 1930 a las 6.00 h, Henri Guillaumet lo detuvo a toda prisa para que no despertara a Noëlle. Pero ya había una luz encendida en el apartamento, un olor a café llegaba hasta la habitación y la cama estaba vacía.

Se levantó y se dirigió a la cocina. Noëlle, en camisón y bata, estaba colocando en la mesita dos cuencos, cubiertos, mantequilla y mermelada.

–¿Ya estás despierta? –preguntó Guillaumet.

–Pues ya ves –contestó ella sonriendo–. ¿Has dormido bien, cariño?

–Sí, ¿y tú?

–Bien. ¡Ve a vestirte! Yo te preparo el desayuno.

Al pasar por la ventana, Guillaumet intentó adivinar el tiempo que hacía fuera, pero la noche estaba todavía demasiado oscura. Fue al baño y se miró en el espejo. Su rostro por fin había recuperado la forma humana: ya no había ni rastro de su desventura andina. Se miró las enormes manos: también habían vuelto a su tamaño normal. Y desde hacía una semana podía ponerse los zapatos de calle sin sufrir un martirio. Saint-Exupéry, que había ido a visitarle el día anterior, se había sorprendido de aquel restablecimiento tan rápido.

–Cualquiera diría que en San Carlos, hace tan sólo dieciocho días, no eras más que un despojo humano. Esta aventura es un milagro, un milagro del que tú eres el verdadero protagonista...

Guillaumet se afeitó y después se puso el traje que Noëlle había dejado cuidadosamente en la silla. En la cómoda había preparado sus cosas para el viaje: una maleta nueva con un neceser nuevo, un traje de repuesto, una camisa de repuesto y un pijama. ¡Qué amor de mujer!

Volvió a la cocina y se sentó tranquilamente a la mesa. Noëlle llenó los dos cuencos de café y se sentó también.

–¿Te sientes preparado? –preguntó.

–Sí, lo estoy.

–¿Te alegra volver?

–Claro.

Sí, estaba contento. Sabía que el corazón le daría un vuelco en el momento de despegar, pero que se le pasaría al acelerar. Tenía ganas de volver a oír el zumbido del motor, de sentir el viento en la cara. A pesar del accidente, las ganas de volar estaban intactas.

–Me alegro de que vuelvas al trabajo –dijo Noëlle sonriendo.

Sonreía mucho aquella mañana, más que de costumbre. Demasiado. El aviador comprendió que algo pasaba. Se levantó, pidió a su mujer que se levantara y la estrechó entre sus brazos.

–Todo va a ir bien, amor mío. Seré prudente. Siempre he sido prudente y ahora lo seré todavía más.

Noëlle, con la cabeza acurrucada en el cuello de su marido, no respondió.

–No soy un temerario –insistió–. Además, en el futuro, sólo tomaré la ruta del Transandino. Así, si hay problemas, me encontrarán fácilmente. ¿Qué me dices? Además, Daurat va a instalar una radio en los Potez. Así, si hace falta, enviaré un mensaje. Mira, si aterrizo en los Andes, haré que te manden un mensaje: «Todo va sobre ruedas, mi amor». Así sabrás que estoy bien...

El aviador sintió que su esposa se relajaba, después le sonrió, esta vez de verdad.

–¡No te preocupes, no tengas miedo! No me pasará nada. Soy prudente.

Noëlle asintió con la cabeza.

Guillaumet se volvió a sentar y untó su rebanada de pan. Por el rabillo del ojo observó a Noëlle. ¡Dios, cuánto la quería! Sentía que tenía miedo, pero no decía nada para no molestarlo. Realmente era una mujer excepcional. Se lo debía todo. Gracias a ella seguía vivo, gracias a la ener-

gía que le había transmitido cuando estaba allí arriba. La quería tanto que, si ella se lo pidiera, podría aceptar cambiar de trabajo. Sería durísimo pero quizá, por ella, sería capaz de dejar los aviones. Sin embargo, sabía que nunca se lo pediría; era demasiado generosa.

Durante el resto del desayuno, los cónyuges no intercambiaron más palabras, sólo miradas de complicidad. Después, a las 6.45 h, Noëlle lanzó una mirada al reloj que colgaba de la pared y dijo:

–Tienes que marcharte...

El piloto miró también el reloj, asintió con la cabeza y se levantó.

–Sí, es la hora.

Volvió al baño y cogió la maleta, después se puso el abrigo y volvió a la cocina.

–¿Me acompañas a la puerta?

En el umbral del apartamento, Henri Guillaumet estrechó de nuevo a su mujer entre sus brazos, como repitiendo una y otra vez: «No te preocupes, seré prudente...».

–¿Cuándo vuelves? –preguntó ella.

–Pues...

El piloto dudó. Se sentía bien allí, en aquel momento y en aquel cómodo apartamento, con su mujercita junto a él. ¿No sería eso la verdadera felicidad? ¿Qué iba a buscar fuera? Fuera era invierno, y el avión estaría también frío. Una locura le atravesó la mente: ¿y si se quedaba en casa? ¿Y si se volvía a acostar y pasaba el día al calor de la

cama? El correo aéreo podía esperar. Aún mejor: ¿podía anunciar a Noëlle que dejaría los aviones por un tiempo, sin esperar a que se lo pidiera ella? Así su mujer no volvería a tener miedo. Sería como si le diera un regalo. Se lo merecía tanto...

–¿Cuándo vuelves? –repitió Noëlle.

–Pues... –contestó, saliendo bruscamente de sus ensoñaciones– el jueves... Vuelvo el jueves.

–¡Entonces, hasta el jueves, amor mío!

Como cada vez que se marchaba, Noëlle acortaba el desagradable momento de la separación. Henri sonrió dulcemente.

–Sí, hasta el jueves.

La besó por última vez, abrió la puerta de entrada y salió al rellano.

–Vuelve a la cama, preciosa, es muy pronto. Duerme un poco.

–Sí –contestó ella con una sonrisa un poco forzada–. ¡Prometido!

Él sabía que no lo haría. Como cada vez que se iba, ella se quedaba despierta, inquieta hasta que le comunicaban que había llegado a Santiago.

–Te quiero, mi amor.

–Yo también te quiero.

Noëlle cerró la puerta y Guillaumet se encontró solo en el rellano. Después de dudar por segunda vez, descendió las escaleras con el corazón en un puño. Por la calle, primero anduvo con paso lento, como para evitar placas de hielo invisible. Después, a medida que se alejaba del apartamento, aceleraba la marcha, con el ánimo cada vez más ligero. Fue entonces presa de una especie de embriaguez, una sensación de euforia que se hacía más intensa a cada paso y crecería hasta su llegada al aeropuerto, una excitación deliciosa que sintió por primera vez en Bouy durante la Gran Guerra y sin la que no podía vivir.

Pronto volaría.

Índice

¿Realmente Henri Guillaumet no murió en los Andes porque pensaba en el seguro de vida de su mujer? ¿Participó Antoine de Saint-Exupéry en la búsqueda de su amigo? ¿Qué hay de verdad en *Al asalto del cielo: La leyenda de la Aeropostal*?

Para conocer la verdadera historia de Guillaumet y, en general, la de la Aeropostal, existen varias fuentes de información. Existen en primer lugar los testimonios de los propios protagonistas. Después de su marcha por los Andes, Guillaumet escribió una larga carta a sus hermanos en la que les describía día a día su avance, sus desilusiones, sus sufrimientos... Jean Mermoz, por su parte, contó sus hazañas en un libro titulado *Mes vols* [*Mis vuelos*]. Pero sobre todo fue Saint-Exupéry quien, en sus novelas y ensayos, nos ilustra mejor la vida cotidiana de la línea.

En Tierra de hombres habla de la camaradería, los aviones, el mérito de los pilotos... Este libro ha inspirado en gran medida la redacción del capítulo cuatro de *Al asalto del cielo*.

Las obras de los historiadores, escritores o periodistas constituyen otra fuente importante de información. Marcel Migeo, antiguo piloto convertido en escritor, escribió hermosas biografías de Henri Guillaumet y de Didier Daurat. Y existen varios libros hermosos sobre el tema, como el de Benoît Heimermann y Olivier Margit titulado *L'Aéropostale* [*La Aeropostal*] (publicado por Arthaud).

Todos estos textos han servido para escribir *Al asalto del cielo*. Pero ¿qué se dijeron exactamente Guillaumet y Mermoz cuando se encontraron por casualidad en París? ¿En qué pensó Didier Daurat al descubrir la desaparición del aviador? ¿Qué sentimientos tuvo Guillaumet cuando se restableció y volvió a volar? Nadie lo sabe; sólo podemos imaginarlo. Y esto es lo que se ha hecho en este libro. Esto es lo que hace de este libro una novela histórica y no un tratado de historia.

Philippe Nessmann

Philippe Nessmann

Nació en 1967 y siempre ha tenido tres pasiones: la ciencia, la historia y la escritura. Después de obtener el título de ingeniero y el doctorado en historia del arte, se dedicó al periodismo. Sus artículos, publicados en *Science et Vie Junior*, cuentan tanto los últimos descubrimientos científicos como las aventuras pasadas de los grandes exploradores. En la actualidad, se dedica exclusivamente a los libros juveniles, aunque siempre tienen de fondo la ciencia y la historia. Para los lectores más pequeños, dirige la colección de experimentos científicos «¿Qué es?» (Combel editorial). Para los lectores jóvenes, escribe relatos históricos.

Thomas Ehretsmann

Nació en Mulhouse. Auténtico apasionado del cómic, estudió arte decorativo en Estrasburgo y se especializó en ilustración.

Bambú Grandes lectores

Bergil, el caballero perdido de Berlindon
J. Carreras Guixé

Los hombres de Muchaca
Mariela Rodríguez

El laboratorio secreto
Lluís Prats y Enric Roig

Fuga de Proteo 100-D-22
Milagros Oya

Más allá de las tres dunas
Susana Fernández Gabaldón

Las catorce momias de Bakrí
Susana Fernández Gabaldón

Semana Blanca
Natalia Freire

Fernando el Temerario
José Luis Velasco

Tom, piel de escarcha
Sally Prue

El secreto del doctor Givert
Agustí Alcoberro

La tribu
Anne-Laure Bondoux

Otoño azul
José Ramón Ayllón

El enigma del Cid
Mª José Luis

Almogávar sin querer
Fernando Lalana,
Luis A. Puente

Pequeñas historias del Globo
Ángel Burgas

El misterio de la calle de las Glicinas
Núria Pradas

África en el corazón
M.ª Carmen de la Bandera

Bambú Grandes viajes

Heka
Un viaje mágico a Egipto
Núria Pradas

Bambú Descubridores

Bajo la arena de Egipto
El misterio de Tutankamón
Philippe Nessmann

En busca del río sagrado
Las fuentes del Nilo
Philippe Nessmann

Al límite de nuestras vidas
La conquista del polo
Philippe Nessmann

En la otra punta de la Tierra
La vuelta al mundo de Magallanes
Philippe Nessmann

Al asalto del cielo
La leyenda de la Aeropostal
Philippe Nessmann

Los que soñaban con la Luna
Misión Apolo
Philippe Nessmann

Bambú Vivencias

Penny, caída del cielo
Retrato de una familia italoamericana
Jennifer L. Holm

Saboreando el cielo
Una infancia palestina
Ibtisam Barakat

Nieve en primavera
Crecer en la China de Mao
Moying Li

La Casa del Ángel de la Guarda
Un refugio para niñas judías
Kathy Clark

Bambú Exit

Ana y la Sibila
Antonio Sánchez-Escalonilla

El libro azul
Lluís Prats

La canción de Shao Li
Marisol Ortiz de Zárate

La tuneladora
Fernando Lalana

El asunto Galindo
Fernando Lalana

El último muerto
Fernando Lalana

Amsterdam Solitaire
Fernando Lalana

Tigre, tigre
Lynne Reid Banks

Un día de trigo
Anna Cabeza

Cantan los gallos
Marisol Ortiz de Zárate